Starker Kugelbauch

Eine erotische Kurzgeschichte
über schwule Männer - für schwule Männer

von Till Amberger

Autor: Till Amberger (Pseudonym)
Anschrift:
Markus Gann
Vordere Halde 40
71063 Sindelfingen
Email: begann@arcor.de

Erscheinungsjahr 2020

Umschlaggestaltung, Titelbild, Fotografien, Illustrationen und alle Texte sind vom Autor.

Das Buch ist nicht geeignet für Leser unter 18 Jahren. Diese Geschichte beschreibt detailliert das Liebesspiel zwischen zwei erwachsenen Männern.

Vorwort:

Rolfs Geburtstag beginnt mit einer kalten Dusche. Sein Durchlauferhitzer hat wieder mal den Geist aufgegeben und es wird endgültig Zeit für einen neuen.
Zum Glück hat er einen Monteur gefunden, der am selben Tag noch Zeit für ihn hat und sich um sein Gerät kümmern möchte.
Rolf ist seit ein paar Wochen wieder alleine in seinem alten Haus und eigentlich mag er diesen Zustand nicht besonders gerne.
Sein Tag beginnt also durchwachsen und er erwartet auch nicht viel. Ein gemütlicher Abend alleine auf dem Sofa und hoffentlich heißes Wasser für den nächsten Morgen.
Der Installateur kommt pünktlich und entpuppt sich als gestandener Bär mit einem ordentlichen Kugelbauch in der Latzhose. Rolfs Stimmung hebt sich merklich.
Er hat keine Ahnung, ob der Monteur ebenfalls Männer mag und sieht auch keine Möglichkeit das herauszufinden. Also lässt er den Monteur seine Arbeit machen und wartet bis dieser fertig ist.
Als aus dem Badezimmer ein kurzer Schmerzensschrei kommt, eilt er ins Bad um nachzuschauen ob der Kerl sich verletzt hat. Er traut seinen Augen kaum, denn dem Installateur ist es offensichtlich heiß geworden und steht nun mit nacktem Oberkörper vor ihm. Ein Anblick, der ihm mächtig einheizt. Aber Rolf ist schüchtern.
Schade, dass er sich diesen Kerl nicht einfach

zum Geburtstag wünschen kann.
Der Durchlauferhitzer ist widerspenstig und diesen provisorisch zu reparieren, dauert länger als geplant. Es wird spät.
Rolf hatte lange Zeit sich eine Lösung zu überlegen, aber ihm fehlt einfach der Mut. Erst, als sich der bärige Installateur verabschieden möchte, lädt Rolf ihn spontan zum Grillen ein. Wenigstens hat er so ein bisschen Gesellschaft an seinem Geburtstagsabend.

Der Monteur ist weniger schüchtern und merkt bald, dass Rolf ihn interessant findet. Er sieht Rolfs Schüchternheit als Herausforderung und bietet ihm Gelegenheiten zum ersten Schritt.

Die beiden mögen sich und haben Spaß. :-)

Als Leser siehst du die Erzählung aus der Sichtweise von Rolf, der fasziniert ist von diesem kräftigen, haarigen Bären. Rolf selbst ist ebenfalls haarig, bärtig und ein richtiger Kerl. Beide sind Mitte 50, fit und finden sich gegenseitig attraktiv.

Lese auf den folgenden Seiten, wie sich Sex mit einem richtigen Bären anfühlt. Fühle was Rolf fühlt und spüre selbst, welche Energie entstehen kann, wenn zwei kräftige Körper aufeinander treffen und sich das Unausweichliche anbahnt...

Vielen Dank an all die lieben Kerle da draußen,
die mich mit ihren positiven Rückmeldungen
immer wieder motivieren weiter zu schreiben.
Ohne euch würde es diese Geschichte
nicht geben!

Viel Spaß
und
schöne prickelnde Momente

Inhaltsverzeichnis

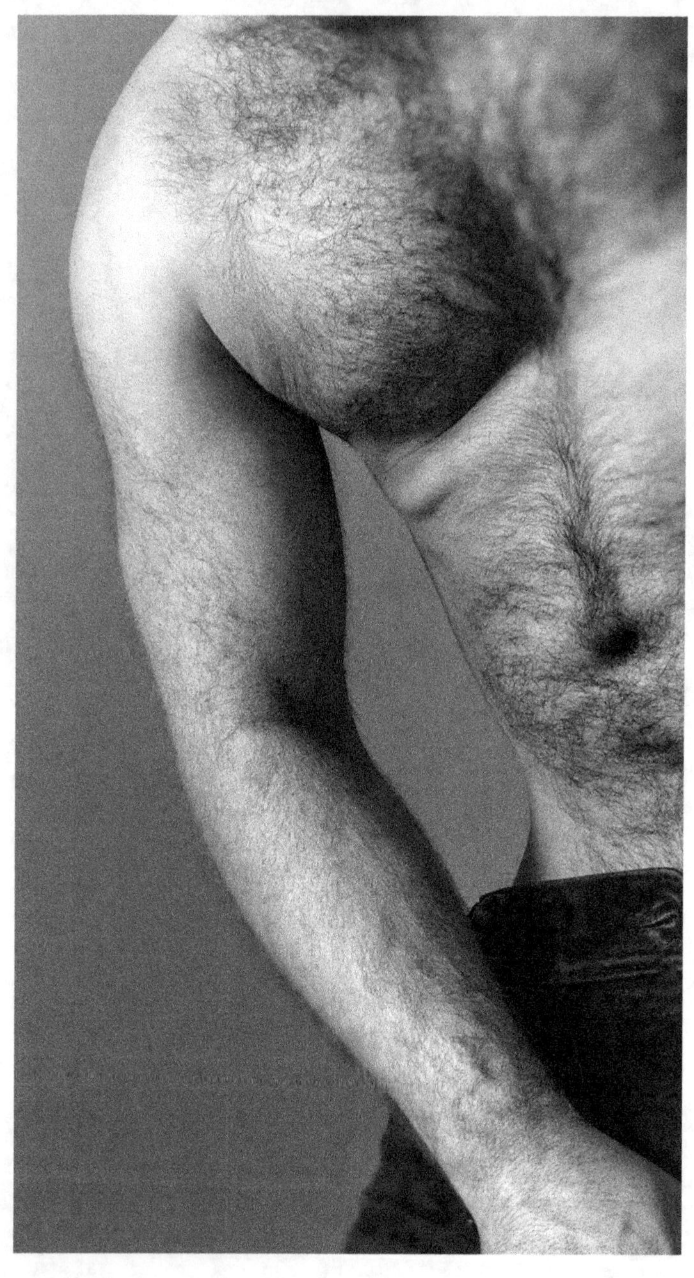

Haarige Einblicke

Den ganzen Tag schon meldet mein Smartphone Glückwunschnachrichten aus meinem Freundeskreis. Es ist mein Geburtstag und ich freue mich natürlich, wenn meine Freunde heute an mich denken. Trotzdem ist das für mich ein ganz normaler Tag, wie jeder andere auch.

Ich habe mir vorgenommen, nur noch die runden Geburtstage zu feiern und momentan steht mir der Sinn nach einer Party sowieso nicht. Seit ein paar Wochen bin ich wieder Single und habe Angst, dass ich mit Mitte 50 keinen neuen Partner mehr finden werde. Die tollen Männer sind sicher schon vergeben und die Katastrophen dürfen gerne andere Kerle in den Wahnsinn treiben. Es gibt Phasen, da bin ich regelrecht deprimiert.

Zum Glück habe ich meine Arbeit, die mich von meinen negativen Gedanken ablenkt.

„Ich hoffe, du lässt es heute so richtig krachen!"

Jens reißt mich aus meinen Überlegungen. Mit einem großen Becher Kaffee in der Hand grinst er mich breit an.

Jens und ich kennen uns schon sehr lange und von den ganzen Kollegen ist er mir mit Abstand der liebste. Eigentlich sind wir gute Freunde oder halt richtige Kumpel.

„Nee, mir ist heute nicht nach feiern. Ich lege mich heute Abend auf mein Sofa und ertränke meine Gedanken in einer Flasche Bier."

„Puhhh, bist du immer noch nicht drüber weg? Du solltest wieder mehr unter die Leute gehen.

Dein Sofa bringt dir keinen neuen Liebhaber!"
„Ja, da hast du sicher Recht... nächste Woche, ich versprechs. Heute kommt noch ein Monteur wegen meinem Durchlauferhitzer. Kalt duschen ist echt nicht so meins und ich bin froh, dass der so kurzfristig Zeit hat."
„Ist das alte Ding schon wieder verreckt? Du solltest dir mal überlegen, ob sich eine Reparatur noch lohnt."
„Ja, mal schauen was der Monteur sagt. Hoffentlich bekommt er das hin, damit ich morgen früh wenigstens warmes Wasser habe."
„Kalt duschen härtet dich ab. Vielleicht behältst du das bei, da sparst du sicher ein paar Euro übers Jahr und das Ding geht nicht so oft kaputt." Jens grinst mich frech an und trinkt seinen Kaffeebecher aus. „So, ich muss dann wieder. Mach dir nicht so viele Gedenken, ein Kerl wie du findet doch Ruck-zuck einen neuen Partner!" Er zwinkert kurz, dreht sich um und geht zurück an seinen Schreibtisch.
'Er hat Recht. Was mach ich mir nach ein paar Wochen so blöde Gedanken? Andere suchen jahrelang nach einem neuen Partner. Da habe ich doch noch jede Menge Zeit, bis ich frustriert sein darf!' Meine Stimmung hebt sich augenblicklich. 'Ich sollte das Leben genießen und schauen, was es für mich bereit hält!' Tatendrang formiert sich in meinem Kopf. Nächste Woche werde ich nicht Zuhause sitzen sondern unter die Leute gehen. Endlich wieder mehr Sport machen, durch den Wald spazieren und Fahrrad fahren. Vielleicht kommt ein guter Film im Kino. Mal schauen...

Fast schon gut gelaunt schalte ich den Computer aus und mache mich auf den Weg nach Hause. Ich hoffe, dass der Monteur einigermaßen pünktlich bei mir erscheint. 'Hoffentlich kann der das nochmal reparieren.' denke ich und steige in mein Auto. Auf der Heimfahrt gehen mir wieder die Sorgen um einen neuen Partner durch den Kopf. Es lässt sich eben doch nicht einfach so abstellen. Der Wunsch, nicht alleine alt zu werden sitzt tief und drängt sich immer wieder in meine Überlegungen. 'Es ist wie Jens gesagt hat: Ich bin ein netter Kerl und finde bestimmt einen Mann, der zu mir passt!' versuche ich meine Gedanken in eine positive Richtung zu lenken. Kurze Zeit später biege ich in die Straße ein, in der ich wohne.

Ein weißer Lieferwagen steht in der Einfahrt vor meiner Garage. Ich sehe, wie ein Mann in einer dunkelblauen Latzhose vor meiner Eingangstüre steht und meine Klingel drückt. Das Auto parke ich kurzerhand an der Straßenseite, gehe die Auffahrt hinauf und rufe: „Hallo, sind sie der Monteur?"

Mit einer geschmeidigen Bewegung dreht er sich zu mir um und meint: „Ja, Müller und Söhne. Ein anderer Kunde hat abgesagt und so bin ich etwas früher dran. Ich hoffe, das ist okay für sie?" Er grinst mich an.

Breitbeinig steht er vor mir. Sein Gesicht strahlt mich fröhlich an und sein Stoppelbart gibt ihm etwas männlich verwegenes. Ein Mann im besten Alter, mit kräftigem Kugelbauch, und fleischiger Brust. Ein breiter Gürtel betont seine

Formen zusätzlich und schnürt die verwaschene Latzhose unter seinem Bauch zusammen.

Er begrüßt mich mit einem festen Händedruck, den ich erwidere.

„Ich freue mich, dass sie so schnell Zeit für mich haben." sage ich und dränge mich an ihm vorbei um die Türe aufzusperren.

Er ist ein gutes Stück kleiner als ich, vielleicht etwas älter, aber mit Sicherheit ein paar Kilos schwerer. Sein Schweiß dringt an meine Nase. Augenblicklich erregt es mich. 'Er riecht nach Kerl. Dass ein Mann so gut riechen kann...'

„Bitte kommen sie herein. Das Bad ist die zweite Türe rechts. Darf ich ihnen einen Kaffee anbieten?"

„Haben sie auch Tee? Ansonsten wäre ein Glas Wasser gut." fragend schaut er in meine Richtung.

„Ja, Tee habe ich auch. Schwarz oder Frucht?"

„Ein Schwarztee wäre super. Der Durchlauferhitzer ist kaputt?"

Er verschwindet im Badezimmer.

„Ja, heute Morgen musste ich mich kalt duschen. Bekommen sie das wieder hin?"

„Mal schauen..."

Ein Scheppern dringt aus dem Bad, gefolgt von:

„Mist!" eingebettet in einem lauten Brummen.

„Alles okay?" Frage ich laut rufend.

„Jaja, hab mir nur den Finger geklemmt an dem alten Ding. Ich muss kurz zum Wagen."

Wenig später kommt er mit einer riesigen Zange in der Hand zurück.

„Ich stelle ihren Tee hier hin. Brauchen sie Zucker?"

„Danke, nee, schwarz ist gut." Er nickt kurz und dreht sich seiner Arbeit zu.

Für einen kurzen Moment schaue ich ihm zu, sehe, wie seine breiten Hände die große Zange packen und er damit irgendeine Verbindung löst. Der Kerl ist ein Felsbrocken. Es gibt sicher nicht viel, dass sich seiner kräftigen Arme widersetzen kann. Jedenfalls, wenn er mit einer großen Zange ankommt.

„Hmmm... das alte Ding muss ich wahrscheinlich mit nehmen. Ihr Durchlauferhitzer ist fast antik!" Er schaut mich ernst an. „Haben sie mal über einen neuen nachgedacht? Die sind viel effektiver als ihr Gerät und dann hätten sie sicher wieder ein paar Jahre Ruhe. Regelmäßige Wartung vorausgesetzt."

„Ja, ich denke, lange wird das nicht mehr gut gehen. Was kostet denn ein neuer?" Mein Blick schweift kurz an seinem Hals entlang zu seinem Hemdkragen wo eine üppige Körperbehaarung hervor quillt. 'Er muss sein Hemd weiter geöffnet haben, das wäre mir sonst sicher vorhin schon aufgefallen.'

„... ausgeben." Höre ich ihn sagen.

„Bitte? Ich war kurz abgelenkt. Können sie mir das nochmal sagen?" Ich versuche ein neutrales Gesicht auf zu setzten.

„Für ihr Bad tut es ein kleiner Durchlauferhitzer, da müssen sie nicht so viel ausgeben." Er grinst kurz und schaut mich fragend an.

„Ja, dann machen sie mir doch einfach einen Kostenvoranschlag. Bis wann können sie mir einen einbauen?"

„Morgen, wenn sie wollen."

„Okay, das ist flott! Können sie den alten machen, dass ich morgen warm duschen kann?"
„Ich schau mal, was geht." Dreht sich um und hat seine Finger an meinem Wassererwärmer.
„Vergessen sie ihren Tee nicht."
„Ja, danke."

Die unterschiedlichsten Geräusche dringen aus meinem Bad in die restliche Wohnung.
Mein Haus ist zwar alt, aber es ist abbezahlt und ich fühle mich hier richtig wohl. Klein aber fein und zentrumsnah, was will man mehr.
Ein kleiner Garten ist hinter dem Haus und ich beschließe die Blumen und Tomaten zu gießen, während ich darauf warte, bis der Monteur fertig ist. Es ist warm und die Tage sind trocken. Diesen Sommer haben die Pflanzen viel Wasser gebraucht.
Nach der dritten Gießkanne ziehe ich endlich mein Shirt aus und versorge die restlichen Pflanzen mit nacktem Oberkörper. Die Luft streift über meinen Rücken und kühlt angenehm. Am liebsten möchte ich jetzt auch meine Hose ausziehen, aber solange der Monteur am werken ist, geht das natürlich nicht. Jedenfalls nicht, wenn ich eine warme Dusche morgen früh haben möchte. Außerdem bin ich viel zu schüchtern, um so was verrücktes zu tun. Splitterfaser nackt rüber gehen... 'Hey, hallo, wie wäre es denn mit uns beiden?' Ich grinse in mich hinein und schüttel den Kopf. 'Verrückt!'
Eine halbe Stunde später ist der Garten versorgt. 'Wie weit wohl der Monteur ist?'
„Kommen sie voran?" Rufe ich quer durch das

Haus.

„Gleich fertig!" Höre ich entfernt.

„Haben sie es hin bekommen?" Ich schaue ins Badezimmer und sehe, wie mein Monteur mit nacktem Oberkörper die Verkleidung an meinen Durchlauferhitzer schraubt. Die Haare auf seinem breiten Rücken werden von den zwei blauen Trägern der alten Latzhose durchkreuzt. Seine Wirbelsäule liegt tief eingebettet zwischen den kräftigen Schulterblättern. Alles an ihm schaut nach Kraft aus. Am liebsten möchte ich ihn jetzt anfassen, an ihm riechen und ihn vollends ausziehen, was ich natürlich nicht mache.

In einer langsamen Bewegung dreht er seinen Körper, dann seinen Kopf zu mir herum. Wir stehen uns gegenüber und mustern uns gegenseitig. Er ist offensichtlich genau so verwundert wie ich und sagt: „Es macht ihnen doch nichts aus, mir war heiß."

„Nein, ich hatte das gleiche Bedürfnis." 'Bedürfnis? Was erzähle ich da?'

„Möchten sie nochmal etwas trinken oder kann ich ihnen etwas anderes anbieten?" Mein Blick bleibt auf seinem Kugelbauch kleben. So einen Bauch habe ich noch nie so nah gesehen. Er schaut hart aus. Alles scheint unter Spannung zu stehen.

„Äh, danke, es ist spät geworden und ich möchte Feierabend machen." Er dreht sich um und fängt an das Werkzeug in seinen roten Koffer zu packen.

„Sicher" sage ich, „ich hoffe, sie bekommen ein ordentliches Abendessen Zuhause. Sie müssen hungrig sein.“

„Mal schauen, vielleicht mach ich mir ne Pizza.“ Dringt irgendwo zwischen Dusche und Durchlauferhitzer zu mir rüber.

„Also, wenn sie Zuhause nicht erwartet werden, dann können sie auch bei mir was bekommen. Ich bin ihnen sehr dankbar, dass sie so schnell Zeit für mich haben und dass ich morgen warmes Wasser habe. Ist grillen was für sie?“

Überrascht dreht er sich um, mustert mich von oben bis unten und sagt dann: „Ja aber ich bin ganz dreckig und verschwitzt.“

„Na das lässt sich ja ändern!“ Ich grinse ihn an und deute auf die Dusche neben ihm.

Ein paar Sekunden lang schaut er mir ins Gesicht, dann nickt er kurz, lächelt und sagt: „Okay, zum Grillen kann ich nicht nein sagen und ich habe einen Bärenhunger.“ Dabei nimmt er mit beiden Händen seinen Bauch und hebt diesen ein paar Zentimeter an.

Ich muss lachen. „Gut, dann hole ich mal das Fleisch aus der Tiefkühltruhe. In der Mikrowelle ist das schnell aufgetaut.“ Meine Stimmung steigt und mit einer dynamischen Drehung gehe ich aus dem Badezimmer, nur um mich gleich nochmal um zu drehen. „Achja, bedienen sie sich beim Duschgel und ein frisches Handtuch liegt dort im Regal.“

„Danke.“

Eine Minute später drehen sich vier Putensteaks in der Mikrowelle und weitere zehn Minuten danach liegen diese aufgetaut auf dem Teller, bestätigt mit einem hellen lauten Piepton, den selbst die Nachbarn noch hören dürften. Ich mag meine Mikrowelle, aber das Piepen hätte der Hersteller wirklich anders gestalten können.

Aus dem Kühlschrank nehme ich noch vier Würste, diverse Soßen und eine Tüte mit fertig geschnittenem Salat. Ein halber Laib Sonnenblumenkernbrot ist zum Glück auch noch vorhanden. Das sollte für spontanes Grillen ausreichen. Mit einem großen Tablett trage ich alles raus auf die Terrasse und stelle es neben dem Gasgrill ab.

Dieses Jahr habe ich noch nicht viel gegrillt. Irgendwie hatte ich bisher auch keine Lust dazu. Grillen macht in Gesellschaft einfach mehr Spaß als alleine und nach der Trennung wollte ich erst mal keine Gesellschaft. Die Gasflasche ist voll und mit ein paar Klicks von dem Piezozünder entfacht das Feuer im Grill.

„Haben sie mir eventuell eine Hose?"

Mein Monteur steht hinter mir, um seine Hüften ist eines meiner großen weißen Handtücher gewickelt.

„Ich möchte ungern in meine durchgeschwitzten Sachen steigen." Er rümpft dabei die Nase.

Seinen „Kessel" sehe ich jetzt in seiner ganzen Pracht. Das weiße Handtuch bildet eine helle Abgrenzung unterhalb des Bauches und etwas tiefer drückt eine gut sichtbare Beule von innen gegen den Frotteestoff. Er schaut prächtig aus. Hier und da ist seine Körperbehaarung mit hellen Fäden durchzogen. Alles an ihm schaut männlich aus. Sein unrasiertes Gesicht und die Glatze unterstreichen die kerlige Gesamterscheinung. Wenn man, wie ich, auf bärige Kerle steht, dann kann einem bei so einem Anblick schon etwas heiß werden.

„Oh ja, sicher, mal schauen... komm mit. Entschuldigung... kommen sie mit." Sage ich sichtlich nervös.

„Wir können gerne 'du' sagen. Ich bin der Erwin." Er streckt mir seine Hand entgegen.

Ich schlage reflexartig ein und sage: „Rolf."

„Komm mit, wir finden schon was für dich." Mein Blick liegt für einen kurzen Moment auf seinem haarigen Kugelbauch. Zum Glück muss der nicht in die Hose passen, sonst hätten wir ein Problem.

„Wie wäre es mit einer kurzen Sporthose?" fragend schaue ich ihn an.

Er nickt kurz. „Ja, das dürfte am praktischsten sein."

„Mal schauen, ob ich noch ein passendes Shirt finde." Suchend wühle ich in einem großen Stapel T-Shirts. 'Es sollte schon etwas größer sein...' denke ich und greife schließlich nach einem dunkelblauen Stück, das vor Jahren ein Geschenk der Firma war, in der ich arbeite. Leider fällt es zu groß aus und der Aufdruck mit dem Slogan der Firma möchte ich in meiner Freizeit auch nicht unbedingt spazieren tragen. Gerade jetzt ist das Shirt aber womöglich Gold wert.

„Das könnte passen." Erwin hat sich hinter mir kurzerhand die Hose angezogen. 'Der traut sich was! Ich hätte mich jeden Moment umdrehen können. Dann wäre der nackt vor mir gestanden... Schade, dass ich das nicht gemacht habe.' ärgere ich mich kurz.

„Hier, das sollte passen."

Erwin nimmt mir das Shirt aus der Hand und streift es sich über. Am Bauch spannt es deutlich aber auch seine Schultern und die Brust füllen den Stoff stramm aus.

„Geht das?" Ich schaue ihn skeptisch an.

„Hmm... tief einatmen darf ich nicht."

„Okay, das schaut wirklich unbequem aus. Vielleicht ist ein Kurzarmhemd die bessere Wahl. Das kannst du wahrscheinlich nicht zuknöpfen, dafür spannt dann aber auch nichts."

Angestrengt versucht Erwin das T-Shirt über den Kopf zu ziehen.

„Soll ich helfen?"

„Ja, hinten hoch ziehen wäre gut."

Mit zwei weiteren Händen befreien wir seinen Körper von dem viel zu engen Shirt.

Am liebsten würde ich jetzt seinen Rücken streicheln, ihn dann von hinten umarmen, mein Gesicht in seine Behaarung drücken und seine Körperwärme in mich saugen. Er fühlt sich bestimmt gut an.

'Du bin ein Feigling!' Schimpfe ich mich selbst. Andere Männer hätten jetzt sicher den ersten Schritt getan. Ich drehe mich stattdessen um und suche nach dem Hemd.

Dann sage ich: „Du bist aber auch ein kräftiger Kerl. Ich hoffe, du fühlst dich nicht unwohl wenn das Hemd offen bleiben muss?"

„Nö, kein Problem. Bei mir Zuhause bin ich am liebsten nackt." Er grinst mich schon wieder frech an. „Ich bin bestimmt kein Adonis, aber zufrieden mit mir und ich mag meinen strammen Bauch."

„Das klingt gut," erwidere ich, „der Bauch passt

auch gut zu dir. Sehr sympathisch!"
Ich reiche ihm das Hemd und schaue zu, wie er einen Arm nach dem anderen durch die Ärmel steckt. Dann packt er die Knopfleiste und zieht diese zusammen. Es fehlen sicher zehn Zentimeter an der Brust und deutlich mehr am Bauch um das Hemd zu schließen.
Erwin grinst. „Ich hoffe, es stört dich nicht, wenn es offen bleibt?"
„Solange du dich wohl fühlst ist alles gut." antworte ich lächelnd, froh darüber, dass mir der Anblick seiner üppigen Körperbehaarung erhalten bleibt.
Dann fällt mir auf, dass ich selbst ebenfalls noch eine Oberbekleidung brauche.
„Ich kann mir ja ebenfalls ein Hemd anziehen und das offen lassen. Dann sind wir beide gleich leger angezogen." Grinsend drehe ich mich zu meinem Kleiderschrank und ziehe mein Lieblingshemd heraus. In einer fliesenden Bewegung winde ich mich hinein und stehe augenblicklich Erwin gegenüber. Beide strecken wir unseren Pelz heraus. Erwins Bauch drängt sich deutlich stärker aus dem Hemd als meiner.
Er lacht. „Ja dann..."
„Okay, grillen wir!"
Der Gasgrill flirrt vor Hitze. Zum Glück hatte ich die Flamme niedrig gestellt bevor ich mich um Erwins Kleidung gekümmert habe.
„Ich hoffe, du magst Pute. Es gibt noch ein paar Würste dazu und etwas Salat."
„Klingt super. Grillst du oft?"
„In letzter Zeit nicht so oft. Was möchtest du trinken? Ein Bier?"

„Ja. Grillen und Bier passt einfach perfekt zusammen." Er strahlt mich an. „Kann ich was helfen?"

„Du kannst dich um den Grill kümmern, wenn du magst. Ich schaue nach dem Bier."

Dass mein Geburtstag eine derartige Wendung nimmt, hätte ich nicht gedacht. Heute morgen war ich noch frustriert über meine Situation und nun werde ich gleich mit einem geilen Bärchen zusammen lecker essen. Er scheint ein sehr umgänglicher Kerl zu sein und egal was passiert, ich werde den Abend auf jeden Fall genießen.

„Auf den schönen Sommer." Wir stoßen unsere Gläser aneinander und trinken einen ersten Schluck von dem kalten Bier.

Wenig später sitzen wir uns gegenüber und haben jeweils das erste Stück vom Grill auf dem Teller liegen.

„Lass es dir schmecken."

„Danke, du dir auch. Mann, bin ich hungrig." Erwin steckt sich ein großes Stück Fleisch in den Mund und kaut genüsslich darauf herum.

„Oah, lecker." teilt er mir mit vollem Mund mit und schaut zufrieden zu mir rüber.

„Du hast hier einen schönen Garten. So etwas gibt es bei Neubauten gar nicht mehr. Ein kleines Idyll!"

„Danke, ja ich mag es sehr. Hier bin ich komplett ungestört."

„Lebst du alleine hier?"

Erwin fragt unbekümmert nach meiner Lebenssituation. Und schaut mich interessiert an.

„Ja, alles für mich alleine." In mir versuchen sich die traurigen Gedanken neu zu formieren aber ich will ihnen heute keine Chance mehr geben. Zu gut schmeckt das Essen und zu geil schaut Erwin aus, der mit seinem geöffneten Hemd vor mir sitzt und mir erregende Einblicke gewährt. Immer wieder schaue ich nach seiner haarigen Brust und seinem tollen Bauch.
Fertig mit meinem Essen lehne ich mich entspannt zurück. Erwin schaut mir ruhig zu, lehnt sich ebenfalls zufrieden zurück und sagt dann: „Bin auch alleine."

Bartpflege

Seine Offenheit überrascht mich und einen Moment weiß ich nicht, was ich darauf erwidern soll. Erwin schaut mich zufrieden grinsend an.
Dann frage ich: „Wie lange bist du denn schon alleine?"
„Ach, so zwei oder drei Jahre. Und du?"
„Zwei Monate erst."
„Das ist noch nicht lange. Was ist passiert?"
Ich denke kurz nach was ich erzählen soll und wie viele Informationen ich Erwin zumuten kann.
„Es gab immer wieder Lügen und ich habe das Vertrauen verloren."
„Dann war eine Trennung sicher der richtige Schritt. Kommst du klar mit deiner Situation?"
„Eigentlich schon, heute morgen erst habe ich beschlossen mich wieder nach einem neuen Partner um zu schauen. Vielleicht treibe ich mich aber auch erst mal ein bisschen herum." Erwin hört interessiert zu und grinst dann frech. Ich überlege ob 'Partner' nicht die falsche Wortwahl war, aber wahrscheinlich vermutet er sowieso schon längst, dass ich Männer mag.
„Ja, das habe ich auch gemacht. Die neu gewonnene Freiheit sollte man nutzen!" Erwin setzt sein breitestes Grinsen auf und ich muss spontan lachen.
„Danke, dass du mit mir zu Abend gegessen hast. Heute ist mein Geburtstag und eigentlich wollte ich den alleine verbringen."
„Oh, herzlichen Glückwunsch. Wie alt bist du denn geworden?"

„54"

„Hast dich gut gehalten. Wenn man sieht wie andere Kerle mit Mitte 50 daher kommen, dann kann einem ganz Angst werden." Er grinst mich mit einem wissenden Blick an.

„Wie alt bist du denn?" frage ich schließlich.

„Ich bin ein paar Jährchen älter. 57!" Erwin zwinkert kurz.

„Da kannst du aber auch nicht klagen." Versuche ich ein Kompliment zu machen.

Erwin streckt sich und atmet laut aus. Der Moment dauert nicht lange, aber ich schaue fasziniert zu, wie sich sein massiger haariger Körper nach oben streckt und sich dabei das Hemd weit öffnet. Seine Körperbehaarung springt mich förmlich an und sein Bauch reckt sich über den Tisch empor. Dann sitzt er mir auch schon wieder entspannt gegenüber.

„Was wünscht du dir denn zu deinem Geburtstag?"

„Wie was wünschen?" frage ich verwundert zurück.

Erwin grinst. „Naja, wenn du einen Wunsch frei hättest, was wäre das?" Sein Gesicht wirkt plötzlich fast ernst.

Angestrengt überlege ich. Am liebsten möchte ich jetzt Sex mit dem geilen Mann vor mir haben. Aber so einen Wunsch zu äußern traue ich mich niemals. Einen Wunsch... mit „Weltfrieden" würde ich mich wohl komplett lächerlich machen... Dann sage ich einfach: „Am liebsten würde ich mal eine Weltreise machen." Augenblicklich kommt mir mein Wunsch irgendwie dämlich vor, obwohl ich das wirklich

einmal gerne machen möchte. Dann aber mit einem lieben Kerl zusammen. Ich schaue ihn an und spontan ergänze ich meinen Wunsch mit den Worten: „Aber von dir wünsche ich mir, dass ich deinen großen Bauch anfassen darf."
Erwin lacht laut aus. Sekunden danach wuchtet er seinen Körper aus dem Stuhl und kommt langsam auf mich zu. Mit beiden Händen zieht er das offene Hemd weiter auseinander und streckt mir seine haarige Kugel entgegen. Sein Bauch ist nicht mal 20 Zentimeter von meinem Gesicht entfernt. Ich starre etwas ungläubig auf den haarigen Berg vor mir und den Bauchnabel, der sich als ein tiefes Loch in der Kuppel abbildet.
Ich schaue zu ihm hoch. Erwin grinst mich breit an und sagt: „Herzlichen Glückwunsch."

Sein Bauch ist hart und stramm. Er fühlt sich aber auch irgendwie weich an und die Haare darauf sind ein bisschen borstig. Ich beobachte, wie sie sich unter meinen Fingern hindurch bewegen. Erwin atmet ganz ruhig. Sein Körper fühlt sich gut an und so nah kann ich ihn auch wieder riechen. Wenn ich einen erotisch-männlichen Duft beschreiben müsste, dann wäre es Erwins Schweiß. Ich weiß nicht wieso, jedenfalls spüre ich aufsteigende Geilheit und zeitgleich, wie sich ein durchsichtiger Tropfen, aus meiner Eichel, den Weg in meine Hose bahnt. Ich will Sex mit Erwin! Mit meiner Nase ziehe ich nochmal tief den herben Duft ein und umfasse seinen Bauch mit beiden Händen. Dann schaue ich wieder hoch zu ihm. „Danke. Dein Bauch fühlt sich stramm an." Meine Finger ziehen sich zurück und ich lehne mich wieder an den Stuhl. Gleich darauf ist mir der Moment viel zu kurz gewesen. Mein Blick ist wieder auf seinem Bauch. 'Soll ich ihn nochmal anfassen?' Erwin bleibt stehen. Sein Bauch streckt sich immer noch in meine Richtung und ich frage mich, was er noch will. Meinen Geburtstagswunsch hat er mir jedenfalls erfüllt.

Ich schaue wieder hoch zu ihm. Erwin schaut mich ebenfalls an. Er scheint zu überlegen. Einen langen Moment lang ist es still. Dann sagt er: „Hast du einen weiteren Wunsch, den ich dir erfüllen kann?"

Hitze steigt mir in den Kopf. Ich schaue auf seinen haarigen Bauch und weiß: Ich möchte den Kerl ausziehen!

„Ja..." zögernd beginne ich.

„Ja?" Erwin hakt nach. Er schaut mich aufmunternd an.

„Ich möchte dich überall anfassen."

Erwin lacht wieder, bleibt vor mir stehen und sagt: „Nur zu. Soll ich ganz ruhig stehen bleiben?"

Der Knoten in meinem Magen löst sich augenblicklich auf. Freude durchströmt meine Adern. Das wird der beste Geburtstag meines Lebens. War ich jemals deprimiert in meinem Leben oder wegen irgendetwas frustriert? In diesem Augenblick gibt es nur positive Gefühle in mir. Alles andere ist unendlich weit weg. 'Soll ich ihn still stehen lassen, während ich ihn anfasse?'

„Ja, bleib bitte so stehen." Im selben Moment wandern meine Hände wieder über seinen

haarigen Kugelbauch. Dann hoch zu seiner Brust. Ich knete seine fleischigen Brustmuskeln und streichel wieder hinunter zu seinem Bauch. Erwin lässt es sich still gefallen.
Langsam stehe ich auf und schaue ihn mir von allen Seiten an. Seine Schultern sind muskulös und seine Arme kräftig. Erwin ist ein starker Mann, den so schnell niemand umhaut. Ein Baum, ein Fels, ein richtiger Stier.
„Ich darf dich überall anfassen?" Versichere ich nochmal ungläubig.
„Hmm, ja, ich kann ein paar Streicheleinheiten vertragen."
Von hinten umarme ich ihn einfach und drücke mein Gesicht in die Haare auf seinem Rücken. Erwin atmet hörbar und laut aus.
Ich streichel die Brust und den Bauch. Sein Körper ist angenehm warm und ich fühle mich sofort wohl. Meine Hände wandern weiter zu seinen Schultern und seinen Armen hinab.
„Machst du Sport?"
„Ja, ich boxe seit bald 40 Jahren."
„Das ist eine lange Zeit. Ich hoffe, ich muss keine Angst vor dir haben."
„Ach was, ich bin doch handzahm!"
Ich grinse, was Erwin nicht sehen kann und genieße weiter meinen Augenblick. Ihn so in meinen Armen zu halte ist super. Mein Pelz reibt an seinem haarigen Rücken. Er brummt zufrieden. Offensichtlich ist es nicht nur ein Wunsch von mir. Sich spüren, die Körperwärme und die Streicheleinheiten, das tut der Seele gut! Sein Nacken ist breit und ich küsse ihn sachte im Genick.

Dann nehme ich seine Arme und hebe sie seitlich an. Ich führe die Hände oben zusammen und sage: „Leg deine Arme auf deinem Kopf ab." Seine Achseln sind nass von seinem frischen Schweiß und die Haare ragen verklebt hervor. Ich streife mit meinen Fingern an seinen Armen entlang hinunter, durch seine feuchten Achselhöhlen hindurch und an der Seite seines massigen Körpers entlang. Erwin zuckt nur leicht unter meinen Berührungen. Sehr kitzelig scheint er nicht zu sein. Ich bekomme Lust seinen Schweiß zu riechen. Mit den Händen greife ich seine Arme und vergrabe meine Nase in seiner linken Achselhöhle. Sein Duft steigt in meine Nase. Ein weiterer Tropfen meiner Geilheit läuft aus meiner Eichel. Noch ein tiefer Zug. Der intensive Geruch zeigt Wirkung. Mein Schwanz will sich in meiner Hose ausbreiten und sucht sich einen Weg durch den Stoff.
Wieder ziehe ich den markanten Männerschweiß durch meine Nase. Leicht benommen vor Geilheit lasse ich ab und schaue in Erwins Gesicht. „Du riechst absolut männlich!" Dann küsse ich ihn. Erwin nimmt mich im selben Moment in seine Arme und hält mich fest. Wir küssen uns zärtlich und lange. Erwin spielt mit seiner Zunge an meiner Oberlippe was mir wohlige Schauer durch den Körper schickt. Seine Lippen fühlen sich gut an. Mit den Händen streichel ich seine Glatze und reibe seinen rauen Stoppelbart. Dann spüre ich, wie er mein Hemd von meinem Körper streift. Seine Hände sind plötzlich überall. Er erforscht meinen Oberkörper im Eiltempo und hält mich dann wieder ruhig und

fest in seinen Armen. Ein Gefühl von Geborgenheit formt sich tief in mir.

„Sollen wir es uns drin gemütlich machen, oder soll ich deinen restlichen Körper hier draußen erforschen?"

„Lass uns rein gehen. Nicht, dass noch jemand etwas mitbekommt von unserem Treiben."

„Komm." Erwin folgt mir hinein ins Haus.

„Ich muss noch kurz aufs Klo." sagt er hinter mir.

„Du weißt ja, wo es ist." Ich zwinker ihm kurz zu und lasse Erwin an mir vorbei in das Bad gehen. Zwei Minuten später erscheint er wieder und meint: „Willst du weiter dein Geschenk auspacken?" Er grinst dabei frech und streckt mir seine Hand entgegen.

Ich lache kurz und ziehe ihn hinter mir her in mein Schlafzimmer. Das Bett ist groß und bietet viel Platz für zwei erwachsene Männer, die sich darin vergnügen möchten. Das restliche Zimmer ist schlicht und aufgeräumt. Es stehen nur zwei Nachttische neben dem Bett und ein Kleiderschrank am Fußende.

Rücklings lasse ich mich ins Bett fallen und bitte Erwin sich zu mir zu legen. Beide haben wir unsere kurzen Hosen an. Erwin kommt auf allen Vieren über mich und küsst mich. Dabei streift sein schwerer Bauch über meine Beule und mein Schwanz zuckt freudig in meiner Hose. Wir schmusen und streicheln einander und nach und nach stelle ich fest, dass ich Erwin in dieser Position restlos ausgeliefert bin. Er ist zärtlich, streichelt und küsst mich, ist bedacht und lieb zu mir. Aber wenn er wollte, ich könnte mich nicht unter seinem Körpergewicht hervor winden und seine Kraft ist um einiges höher als meine.

„Lass mich mal nach oben. Ich bekomme fast keine Luft." sage ich scherzend.

„Oh, habe ich dich erdrückt?"

Erwin rollt sich seitlich weg und bleibt auf seinem Rücken liegen.

„Nein." Ich grinse ihn an. „Ich wollte nur mehr Bewegungsfreiheit, damit ich mein Geschenk weiter auspacken kann."

Sein Bauch schaut liegend flacher aus. Wenn er einatmet, hebt sich der Oberbauch um einige Zentimeter mit dem Brustkorb an. Ich beobachte das Schauspiel ein wenig und lege mich schließlich auf ihn drauf.

„Uh... du bist aber auch nicht gerade ein Leichtgewicht. Das sieht man dir gar nicht an." erstaunt grinst er etwas.

Ich lache, stütze mich seitlich neben ihm auf und drücke einen zärtlichen Kuss auf seinen Bauch.

„oh..." Erwin scheint das zu gefallen.

Mit der Zunge lecke ich um seinen Nabel herum und den restlichen Bauch bedecke ich mit unzähligen Küssen. Er soll merken, dass mir seine Kugel gefällt. Nach und nach wandern meine Liebkosungen tiefer und tiefer. Am Bund der Sporthose trennt sich sein Bauch deutlich vom Unterleib ab. Ich drücke ihm weiter einen Kuss nach dem anderen auf seinen Bauch. Zentimeter um Zentimeter bewege ich mich nach unten und schiebe dabei den Hosenbund mit meinen Händen nach unten. Mein Kinn spürt einen deutlichen Widerstand. Sein Schwanz drückt hart von innen gegen den weichen Stoff. Ich schiebe meine Hände nach hinten, gebe ihm mit leichtem Druck zu verstehen, dass er seinen Hintern anheben soll. Dann ziehe ich langsam den hinteren Hosenbund nach unten, befreie seinen runden Arsch aus der dünnen Hose.

Erwins Erregung schaut geil aus unter dem Stoff. Deutlich zeigt sich ein kleiner dunkler Fleck, gegen den ich mein Gesicht presse. Erwin atmet heftig ein. Einen kurzen Moment kann ich noch widerstehen, streichel nochmal seinen Bauch, seine haarige Brust und dann seine Seite hinunter zu seinem Hintern. Ich greife den Bund der Sporthose und befreie endlich seinen harten Schwanz. Eine glänzende rote Eichel schaut mir entgegen. Sein Schwanz ist beschnitten und sein Penisschaft ist ziemlich breit. Der Pissschlitz ist auffallend groß und in meinem Kopf entsteht kurz das Bild von einem kräftigen Strahl Sperma, der da herausspritzt. Eine auffallend dicke Ader windet sich von der Peniswurzel hoch bis zur Eichel. Dann ziehe ich seine Hose ganz aus. Völlig nackt liegt er vor mir auf dem Bett. Ich schaue ihn an. „Du bist mit Sicherheit das geilste Geburtstagsgeschenk, das ich jemals auspacken durfte."

„Danke." Erwin freut sich sichtlich. „Darf ich dich jetzt auch auspacken?"

„Gleich, lass mich den Anblick noch kurz genießen."

Meine Blicke streifen über Erwins Körper. Seine Behaarung ist wirklich sehr ausgeprägt. Zwischen seinen Beinen wirkt sie regelrecht struppig und ich habe noch nie einen so haarigen Sack gesehen. Selbst die Unterseite von seinem Penis ist haarig. Ich greife zu, taste nach seinen Eiern und spiele ein bisschen mit seinen enorm großen Bällen. An ihm ist irgendwie alles etwas dicker und wulstiger als bei anderen Kerlen. Das trifft auch auf sein Geschlechtsteile zu. Selbst die Eichel bildet einen gut sichtbaren Wulst wo sie zum Penisschaft übergeht und der untere Schwellkörper hebt sich als deutlich sichtbaren Strang ab.

Ich habe Lust Erwins Schwanz zu küssen. Mit der Zunge lecke ich über meine Lippen und bewege meinen Kopf in Richtung von Erwins Schoß.

„Warte." Erwin stoppt mein Vorhaben. „Lass mich erst dich auspacken. Ich bin so neugierig, was in deiner Hose steckt." Er grinst schelmisch dabei und richtet sich auf. Dann drückt er mich auf mein Bett und betrachtet meinen Körper. „Du bist ein wirklich toller Mann. Schön männlich behaart und du hast eine Wahnsinns Brust." Er schaut weiter, berührt mich hier und da ein bisschen. „Dein Bart ist so geil." Er streichelt mein Gesicht, greift kurz in meinen Bart und fährt mit zwei Fingern über meine Lippen. Dann bewegen sich seine Hände langsam abwärts, über meinen Hals, meine Brust, den Bauch und erreichen schließlich den Bund meiner Hose.

Ich schaue auf Erwins Bauch, der nicht weit von meinem Kopf entfernt ist. Sein Schwanz versteckt sich irgendwo zwischen seinen Schenkeln und dem Bauch. Aus dieser Perspektive schaut sein Körper noch geiler aus. Die Brustmuskeln, dieser Kugelbauch und die Behaarung, alles wirkt erotisierend auf mich.

Seine Hände haben meinen Gürtel und den Knopf an der Hose geöffnet. Erwin bewegt sich zu meinen Beinen und zieht die Hose genüsslich nach unten, wirft sie dann nach hinten und betrachtet mich wieder. Mein harter Schwanz wird gerade noch so von meinem knappen weißen Slip gehalten. Der hintere Teil des Slips wurde beim ausziehen der kurzen Hose ein Stück nach unten gezogen, so, dass mein Arsch nun blank auf dem Laken liegt.

Mein steifer Schwanz droht jeden Moment am Bund der Unterhose heraus zu rutschen.

„Puhh... du hast da einiges drin verpackt! Meine Vorfreude scheint nicht enttäuscht zu werden."

Sein Blick klebt förmlich auf meiner Schwanzbeule. Ich lasse ihn kurz zucken. Dabei bewegt sich der weiche Stoff deutlich nach oben und von meinem Blickwinkel aus kann man kurz in die Unterhose schauen.

„Geiler Anblick!"

„Danke, ich freue mich, dass dir gefällt, was du sehen kannst. Willst du ihn raus holen?"

„Das kann unmöglich noch geiler ausschauen..."

Erwin streicht mit seinem rechten Handrücken sachte über meine Schwanzbeule.

„uh..." nochmal zuckt mein Schwanz unter dem Stoff.

Dann steift er über meine Eier und greift mit zwei Fingern unter den seitlichen Bund am Bein. Ich spüre seine Finger an meiner Sackhaut. Augenblicklich stellt sich mein Schwanz auf, hebt sich deutlich von meinem Bauch ab und drückt wie ein Zeltmast gegen den Bund von meinem Slip. Dann zieht Erwin den Stoff langsam nach unten. Der Druck auf meine Erektion steigt und anstatt aus der Hose heraus zu gleiten, stellt sich mein Penis immer mehr auf. Erwin berührt mit einem Fingern meine Eichel und fährt seitlich an ihr herunter. Elektrisiert spannt sich meine Schwanz an und ich spüre, wie sich ein kleiner Lusttropfen aus meiner Eichel drückt. Einen Lidschlag später, sehe ich, wie dieser oben durch den Stoff quillt. Erwin verreibt den Geilheitstropfen was mir lustvolle Schauer durch den Schwanz in meinen Unterleib schickt.

Dann endlich befreit er meinen Steifen aus seiner Verpackung, zieht mir die Unterhose aus und wirft sie zu meiner restlichen Kleidung.

„Wow, toller Schwanz. Der macht bestimmt Spaß." Er zwinkert kurz und grinst mich breit an.

„Danke. Deiner ist ja auch geil." Versuche ich das Kompliment zurück zu geben.

Zu mehr komme ich nicht, denn Erwin hat sich meinen Harten in seinen Mund gesteckt und lutscht nun mit seiner Zunge an meiner Eichel. Gut hörbar zieh ich Luft in meine Lungen, „HHhhhh..." halte kurz inne und brumme dann vor Lust. Mein Schwanz fühlt sich geil an in Erwins Mund. Er kann es irgendwie, egal was er da mit meinem Schwanz anstellt, es fühlt sich super an. Ich habe das Gefühl, als gäbe es für ihn jetzt nichts anderes, als meinen großen steifen Schwanz zu lutschen, mich zu verwöhnen und mir den Himmel auf Erden zu bescheren. Möge der Moment ewig dauern.

Zwei Momente später bekomme ich Lust seinen Schwanz zu schmecken. Erwin soll ebenfalls verwöhnt werden. „Lass mich mal an deinen Schwanz."

Noch zwei mal schiebt er sich mein Glied in seinen warmen Mund und leckt gierig an meiner Eichel. Dann schaut er auf, bewegt sich zu meinem Kopf und präsentiert mir seine erigierte Männlichkeit.

Was für ein Anblick, seine dicke Eichel stößt an meine Nase, dicht darüber wölbt sich sein haariger Bauch über meinen Kopf. Sein Schwanz riecht herber als sein Schweiß, Geilheit schießt in meinen Kopf. Ich greife nach seinen Eiern, halte sie fest in meinem Griff und ziehe ihn näher an mich heran. Ein glasiger Tropfen drückt sich aus seiner Schwanzspitze und droht herab zu fallen. Mit der Zunge lecke ich ihn schnell ab. Dann schiebe ich sein Glied in meinen Mund. Erwin stöhnt sofort auf: „ahhh..." im selben Moment schiebt er sein Becken weiter nach vorn und presst den dicken Kolben weiter in mein feuchtes Maul hinein. Sein geiler Schwanz füllt meinen Mund ordentlich aus. Dicker dürfte er nicht sein. Langsam zieht er ihn wieder zurück. Ich lutsche an seiner Eichel und knete seine dicken Murmeln. „Uhhh... ja..." Sachte dringt er wieder in meinen Mund, tiefer und tiefer tastet er sich vor. Sein Rohr ist zwar enorm dick, aber nicht so lang dass es mich würgen würde. Ich sag mal, er hat das Maximum, was in mein gieriges Maul so rein passt.

Ganz vorsichtig beginnt er mich in den Mund zu ficken, beobachtet mich dabei, wartet auf Reaktionen von mir, die ihm zeigen wie weit er gehen kann. Dann wird er schneller, fordernder und als er merkt, dass mir sein Dicker in meinem Maul Spaß macht, genießt er sein Werk einfach. In meiner Hand habe ich immer noch seine Eier und wenn es mir zu wild wird, dann kann ich ihm das da schon klar machen. Soweit mein Plan. Erwin ist aber weit entfernt von wildem Zustoßen. Er genießt das Gefühl, das mein feuchter, warmer Mund auf seinen Schwanz hat und brummt dabei. Ab und zu zieht er seinen Harten ganz heraus, fährt damit durch meinen Bart und wenig später wieder in mein Maul. Seine weiche Eichel fühlt sich geil an und schmeckt leicht salzig. Ich lasse ihn treiben, solange es ihm Spaß macht. Mit meiner Hand wandere ich weiter nach hinten durch seine Schenkel hindurch. Seine Schwellkörper fühlen sich wie dicke Stränge an, die kurz vor seinem Anus enden. Ich massiere sie und drücke sie zusammen.

„Ohja...“ Erwin mag das anscheinend.

Nach ein paar Minuten setze ich meine Entdeckungsreise fort, taste mich weiter nach hinten und berühre leicht seine Rosette.

„Aah...“ augenblicklich stöhnt er, bäumt sich etwas nach vorn und ich fühle, wie er seinen gesamten Beckenboden anspannt. Eine Sekunde später breitet sich auf meiner Zunge wieder ein salziger Geschmack aus. 'Geil' denke ich und mache weiter. Immer wieder fahre ich mit einem Finger über seine Rosette und drücke auch sachte auf sein Loch. Erwin fickt mich rhythmisch in meinen Mund und scheint nicht genug zu bekommen. Meine Hand wandert noch weiter nach hinten und ich beginne seine Arschbacken zu massieren. Bis hinauf zum Steißbein reicht meine Hand und ich fahre mit allen Fingern durch seine Ritze und wieder hinunter zu seinem Loch. Seine Ritze ist feucht vom Schweiß und plötzlich fühlt sich seine Rosette ein bisschen glitschig an. Ich fahre nochmal nach oben und mit den Fingern durch seine Spalte hinab zu seinem Loch. Dann nochmal und nochmal...

Jetzt fühlt sich sein Loch richtig feucht an und meine Finger flutschen über die empfindsame Stelle. Ich massiere seine zarte Haut da hinten. Erwin brummt und stöhnt abwechselnd unter meinen Berührungen. Dann baue ich Druck auf und schiebe einen Finger ein kleines Stück in sein Loch hinein. Erwin stoppt schlagartig seine Fickbewegungen und verweilt regungslos mit seinem Schwanz in meinem Mund. Augenblicklich stoppe ich ebenfalls mein Werk, lasse meine Finger da, wo sie sich befinden und meine Zunge ruhig in meinem Mund ruhen. Ein Moment lang ist alles Still. Dann zieht er seinen Schwanz aus meinem Mund und meine Hand löst sich von seinem Loch.

„Puhhh... beinahe wäre es mir gekommen!"

Ich muss lachen. „Geil! Ich glaube, ich habe dich jetzt wirklich überall angefasst."

Erwin lacht kurz aus. „Ha... ja, das dürfte stimmen." Er schaut mich an und grinst. „Sex mit dir ist richtig geil!"

„Ja, finde ich auch." Bestätige ich seine Aussage knapp.

Ich richte mich auf, wir schauen uns beide an

und Erwin drückt mir einen schnellen Kuss auf den Mund. „Jetzt will ich deinen Schwanz nochmal schmecken."

Er dreht sich auf seinen Rücken und platziert sich mit dem Kopf direkt zwischen meinen Beinen. Ich knie über ihm und beuge mich einfach nach vorn. Mein Schwanz wippt über seinem Gesicht und meine Eier liegen direkt vor seinen Augen. Er öffnet seinen Mund, streckt die Zunge heraus und berührt damit leicht die untere Seite von meinem Schwanz.

Mit meiner Hand drücke ich meinen Harten in seinen Mund und lehne ich mich nach vorne über ihn. Dann schiebe ich meinen steifen Schwanz langsam in sein warmes Maul hinein. „Ahhh... das fühlt sich geil an."

Erwin packt meine Arschbacken und drückt sich mein Rohr bis tief in seinen Rachen hinein. Das erregt mich augenblicklich. Mein Schwanz war sicher in seiner Kehle. Er hat offensichtlich keinen Würgereflex.

Ich ziehe meinen Schwanz wieder heraus, knie wieder über seinem Kopf und frage: „Macht dir das nichts aus?"

„Nein, steck ihn wieder rein."

„Okay, ich schiebe ihn dir so weit rein wie es geht."

Mit der Hand drücke ich meine Eichel wieder in seinen Mund, lehne mich nach vorne über ihn und lass mein Becken einfach so weit runter, bis mein Schambein gegen sein Gesicht stößt. Erwin grunzt und packt wieder mit beiden Händen meine Arschbacken. Er presst mich kraftvoll noch ein Stückchen tiefer. Mein

Schwanz fühlt sich gut an so tief in seinem Schlund. Dann beginne ich ihn in sein Maul zu ficken, zuerst vorsichtig, dann forscher. Erwin scheint das zu gefallen. Stoß um Stoß folge ich meinem Trieb und der Geilheit, die sich immer mehr steigert. Direkt vor meinen Augen steht Erwins Schwanz und ich bekomme Lust ihn einfach in meinen Mund zu stecken.

„aohohhhoh..." ein ersticktes Stöhnen presst sich von meinem Schritt an meine Ohren. Ich lutsche seinen Schwanz während ich meinen tief in seine Kehle stoße. Immer wieder im gleichen Rhythmus stoße ich zu und lutsche dabei seine große, blanke Eichel. 'Lange halte ich das nicht mehr aus. Es ist einfach zu geil, wenn ich nicht gleich stoppe, dann spritze ich meine volle Ladung in seinen Hals.' Blitzartig ziehe ich ihn raus und richte mich wieder auf. „Puhhh... jetzt bin ich fast gekommen."

„Ja, ich auch."

„Lass uns kommen." schlage ich vor.

„Okay, es ist dein Geburtstag, wie willst du es haben?" Er schaut mich fragend an.

Wieder muss ich grinsen und überlege, dass ich ihn sehr gerne spritzen sehen möchte.

„Spritz mir in den Bart." äußere ich meinen Wunsch.

„Okay!"

Sofort lege ich mich auf meinen Rücken und schaue erwartungsvoll nach oben.

„Schön Zeit lassen." Sage ich noch und schon habe ich seinen breiten Schwanz vor meinem Mund. Seine blanke Eichel drängt sich durch meine feuchten Lippen hindurch in mein warmes

Maul hinein. Ich schiebe meine Hand wieder zwischen seine Beine hindurch und massiere wieder seine Schwellkörper am Beckenboden. Erwin grunzt zufrieden und fängt an in meinen Mund zu stoßen. Sein Schwanz passt perfekt in meinen Mund. Ich genieße seine Geilheit und merke, wie sich seine Erregung mehr und mehr steigert. Ganz langsam wird er fordernder und stößt fester zu und brummt dabei unentwegt. Meine Hand wandert weiter nach hinten an sein Steißbein. Mit meinen Fingern fahre ich langsam hinunter durch seine Backen hindurch bis an seine Rosette.
„Ah…" die Reaktion folgt im selben Moment.
Dann beginne ich die selbe Sache wieder von vorn, meine Hand fährt an sein Steißbein und ganz langsam wieder hinunter durch seine Arschbacken hindurch bis ich seine Rosette spüre.
„Aahhh…" Erwin stöhnt laut aus.
Nochmal wieder hole ich das Spiel.
„Aaah…"
Wieder und wieder bis ich meine Finger an seinem Loch liegen lasse und seine Rosette sanft massiere.
„Ohja… ah… ah… ah…"
Erwin scheint bald zu kommen. Sein Stöhnen steigert sich mit dem Grad seiner Erregung. Ich massiere weiter sein Loch, genieße seinen dicken Kolben in meinem Maul und dann drücke ich einfach einen Finger in seinen Arsch.
Erwin zieht ruckartig seinen Schwanz aus meinem Mund und nimmt ihn in seine Hand. Meinen Finger schiebe ich noch weiter in sein

geiles Arschloch hinein und dann spüre ich, wie er mit aller Kraft seine Muskeln anspannt.

„uuhuAAAAAahhh…" Ein dicker Strahl Sperma spritzt kraftvoll aus seiner Schwanzspitze quer über mein Gesicht. Ich spüre die Kontraktion seiner Muskeln an meinem Finger. Dann die nächste Kontraktion und ein zweiter Spritzer landet mitten in meinem Gesicht, gefolgt von einem lauten Schrei. Ladung um Ladung spritz in meinen Bart, bis es dann nur noch herausrinnt aus seiner Eichel. Die Kontraktionen an seinem Arsch lassen langsam nach und ich spüre, dass er sich wieder beruhigt. Ich nehme meine Hand von seinem Loch weg und warte auf seine Reaktion.

Erwin schaut mich an und grinst. „Wow, ich habe dich ganz schön zugerichtet. Warte, das muss ich fotografieren."

Wenig später steht er da und macht zwei Fotos mit seinem Smartphone.

„Da schau." Er streckt mir das Display von seinem Telefon entgegen und ich sehe die geile Männer-Soße überall auf meinem Gesicht verteilt.

Ich lache ebenfalls und sage: „Das war richtig geil! Danke dir, dass du meine Wünsche erfüllt hast."

„Ich danke dir, das war richtig geil." eine kurze Pause entsteht. „Aber jetzt will ich dich spritzen sehen."

„Ja, bleib so neben mir knien. Dein Bauch schaut richtig geil aus von hier unten."

Er reckt mir seine haarige Kugel entgegen und ich nehme meinen harten Schwanz in die Hand.

Langsam fange ich an mich selbst zu wichsen. Ich mag es nicht, wenn ich schnell kommen soll und deshalb lasse ich mir einfach Zeit, schaue mir diesen geilen Kerl an und verwöhne mich selbst mit meiner Hand. Mein Schwanz fängt schnell an sich heiß und elektrisiert anzufühlen. Erwin streichelt meine Brustbehaarung und spielt mit seinem Sperma in meinem Bart. Plötzlich quillt ein dicker weißer Spermatropfen aus seiner Eichel hervor und dann geht es plötzlich viel schneller als gedacht. Alles in mir spannt sich an und ich spüre, wie sich die angestaute Erregung einen Weg durch meinen Körper sucht, sich maßlos steigert und dann mit einem heftigen Schlag durch mich hindurch fährt.

Ein erster Strahl Sperma fliegt über meinen Bauch hinweg in mein Gesicht. Glücksgefühle durchströmen meine Adern und ich schreie alles aus mir heraus. Dann ein zweiter Strahl und ein dritter. Die folgenden Zuckungen ergießen sich als weißlicher See auf meinem Bauch und an meinem Schambein. Tief befriedigt bleibe ich einfach so liegen.

Erwin grinst mich von oben an. „Ich glaube, jetzt sollte ich nochmal ein Foto machen. Spermalotion überall auf deinem Körper. Schaut toll aus."

Ich grinse zurück und sage: „Ja, das glaube ich. Das war super! Aus deinem Schwanz kam ein dicker Tropfen Sperma, das sah so geil aus, da bin ich sofort gekommen. Normalerweise lasse ich mir gerne mehr Zeit dabei." Ich grinse ihn glücklich an.

Eine kurze Zeit lang liegen wir einfach so da. Dann bitte ich ihn ein Handtuch für mich zu holen. „Du weißt ja wo sie sind."

Genüsslich beginnt er meinen Körper von der weißlichen Soße zu befreien und brummt zufrieden.

„Das sollten wir bei Gelegenheit wiederholen." Erwin spricht meine Gedanken aus.

„Ja, auf jeden Fall. Und bitte nicht erst wenn ich wieder Geburtstag habe."

„Ich bin gerne dein Geburtstagsgeschenk und morgen bin ich ja schon wieder bei dir um den Durchlauferhitzer zu installieren. Ich hoffe, du hast morgen noch nichts vor?" erwartungsvoll schaut er mir ins Gesicht.

„Ich freue mich schon auf dich. Morgen ist Freitag, da habe ich um 11:30 Uhr Feierabend. Hast du dann Zeit?"

„Ja, das passt bei mir. Bist ein toller Mann."

„Danke, du ja auch!"

„Super, du... ich sollte so langsam meine Sachen packen und Heim fahren. Es ist doch etwas spät geworden."

Ich drehe mich um zu meinem Wecker und sehe, wie die Anzeige auf 22:30 Uhr springt.

„Hui, die Zeit ist ja regelrecht verflogen."

Wirklich spät erscheint mir die Uhrzeit zwar nicht, aber vielleicht ist es besser jetzt erst mal die Eindrücke zu verarbeiten. Morgen ist ja auch noch ein Tag!

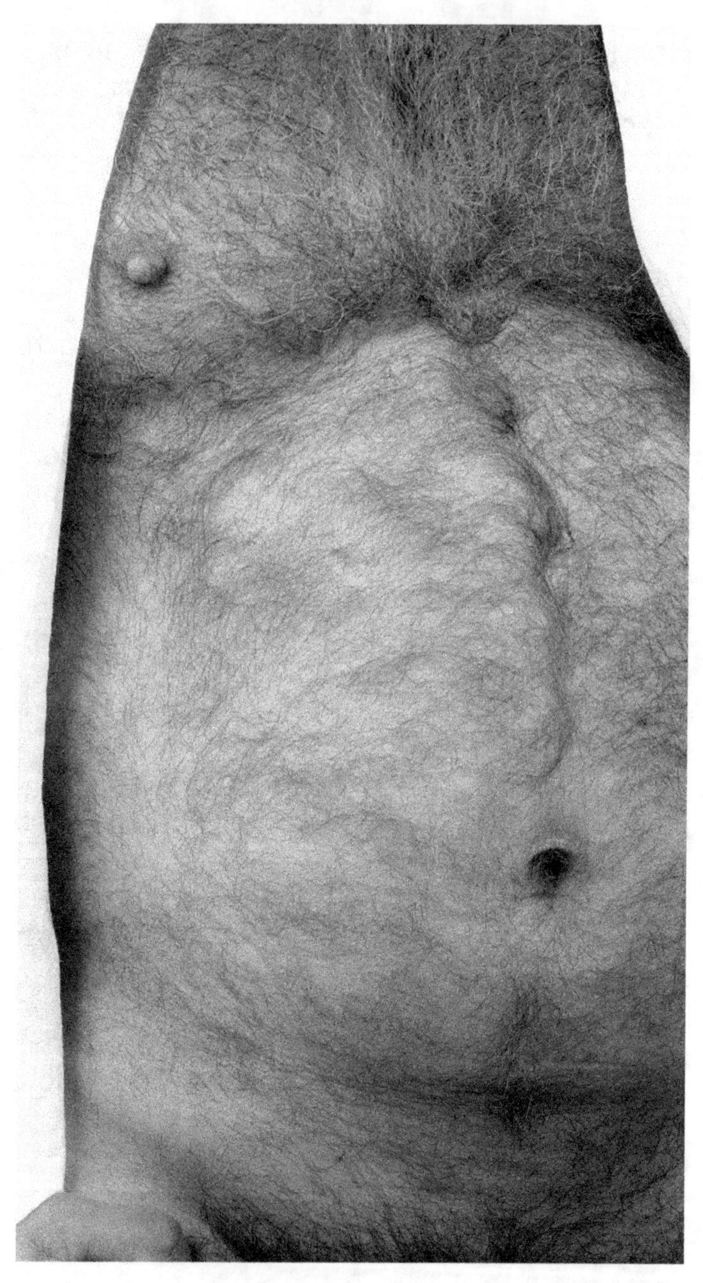

Zurück zur Arbeit

Jens begrüßt mich mit den Worten: „Was ist denn mit dir passiert?"
Routinemäßig stelle ich meinen Rucksack neben den Schreibtisch und schalte den Computer ein.
„Was soll passiert sein?" Frage ich zurück.
„Du bist ein ganz anderer Rolf, als der Rolf, der hier gestern noch gearbeitet hat!"
'Das kann er doch unmöglich sehen!' denke ich, 'Ich bin hier herein spaziert, wie jeden anderen Morgen auch.' bin ich mir sicher.
„Ich bin halt gut drauf heute."
„Das freut mich. Hast du einen schönen Geburtstagsabend gehabt?" Jens schaut mir ins Gesicht und irgendwie habe ich den Eindruck, er liest meine Gedanken.
„Ja, das hatte ich wirklich."
„Es steht dir im Gesicht geschrieben. Lass mich raten, du hattest Herrenbesuch und es ging voll ab."
„Es ging voll ab!" bestätige ich knapp mit einem breiten Grinsen auf meinem Gesicht.
Jens weiß sowieso fast alles von mir und mein Mitteilungsbedürfnis kann ich bei ihm sorglos ausleben. Er kann Informationen, die man allgemein nicht weiter erzählt, für sich behalten. Ein guter Freund, was ich zu schätzen weiß.
Er grinst zurück und schüttelt leicht den Kopf dabei. „Mann, Mann... freue mich für dich! Gestern dachte ich, du brauchst noch viel mehr Zeit. Ich habe mir schon überlegt, wohin ich dich überall mitschleppe, damit du mal aus dem Haus

kommst." Jens schaut mich mit strahlenden Augen an. Er gönnt mir meinen geilen Abend mit Erwin neidlos.

„Magst mir was erzählen?" fragt er dann neugierig.

„Ja, ich platze sonst!" beginne ich lächelnd. „Gestern musste ich doch etwas früher nach Hause fahren, damit der Monteur nach meinem Durchlauferhitzer schauen kann..."

„Nein, mit dem Installateur?" Jens fällt mir in meine Erzählung. Fasziniert aber auch etwas ungläubig schaut er mich an.

„Ja, der ist ein richtiger Bär von einem Mann. Überall Haare. Er hat sich mit meinem Durchlauferhitzer abgemüht und es wurde spät. Dann habe ich ihn zum Grillen eingeladen."

„Wow, war bestimmt prickelnd für dich."

„Ja, ich habe ihm ein bisschen gut zureden müssen, damit er die Einladung annimmt. Er hat dann auch bei mir geduscht und ein paar Sachen von mir angezogen, damit er nicht verschwitzt da sitzt. Obenrum hat ihm nichts von mir gepasst. Er saß mir dann die ganze Zeit mit einem offenen Kurzarmhemd gegenüber, was sehr verführerisch aussah."

„Und dann? Ihr seid sicher nicht spontan ins Bett gehüpft!"

„Nein, wir haben uns unterhalten und irgendwann kam das Gespräch auf meinen aktuellen Beziehungsstatus. Mir ist dann herausgerutscht, dass ich irgendwann wieder einen lieben Partner haben möchte." Ich schau Jens fragend an. „Das Wort 'Partner' gebrauchen Heteros eher nicht, oder?"

„Ne, aber spätestens dann wird er wohl geschnallt haben, dass du Kerle magst."

„Ich glaube auch, nur ich bin halt schüchtern."

„Ja, völlig grundlos. Du bist doch ein richtiger Kerl, kann mir nicht vorstellen, dass du Probleme hast jemanden ins Bett zu kriegen."

„Bin halt kompliziert." ich zwinker kurz.

„Wie ging es dann weiter?"

„Er hat gesagt, dass er ebenfalls Single ist." Einen Moment unterbreche ich meine Erzählung, atme kurz durch und fahre fort: „Ich habe ihm gesagt, dass ich Geburtstag habe und mich bedankt über die nette Gesellschaft. Er hat mir gratuliert und gefragt, was für einen Wunsch ich habe. Das hat mich völlig durcheinander gebracht... der fragt mich einfach so nach einem Wunsch."

„Und was hast du gesagt?"

„Weltfrieden." Jens schaut mich mit einer Mischung aus Unglauben und Entsetzen an. Dann lachen wir ausgelassen. Ein paar unserer Kollegen schauen über ihre Monitore zu uns herüber.

Ich rede leiser weiter: „Nein, ich habe ihm, mehr oder weniger spontan gesagt, dass ich seinen haarigen Bauch anfassen möchte."

„Aha, seinen Bauch anfassen." Jens schüttelt dezent seinen Kopf.

„Was hättest du gesagt, dass er dir einen blasen soll?" Ich schaue mich um, ob das jemand gehört haben kann.

„Wahrscheinlich nicht. Ich bin noch nie in so einer Situation gewesen und kann da nicht wirklich mit reden. Also erzähl weiter. Ich bin neugierig." Jens grinst wieder frech.

„Sein Bauch schaut echt verführerisch aus. Ich habe während dem Essen immer wieder drauf gestarrt und mir vorgestellt wie er sich wohl anfühlt. Es war also irgendwie echt mein Wunsch. Naja, jedenfalls wurde es dann für ein paar Momente still. Plötzlich steht er auf, streckt mir seinen Bauch entgegen und sagt 'Herzlichen Glückwunsch'." Jens prustet mich an.

Ich lache. „Sein Bauch ist echt der Hammer."

„Und? Hast beim Bauch hoffentlich nicht aufgehört, oder?" Jens hätte Erwin sicher direkt an die Eier gegriffen, da bin ich sicher.

„Doch. Mein Wunsch war erfüllt. Ich habe mich nicht getraut einfach weiter zu machen. Irgendwie bin ich in so Situationen echt überfordert." Jens schüttelt wieder den Kopf.

„Und wie ging es weiter?"

„Er blieb einfach stehen, streckte mir weiter seinen Bauch entgegen und sagte dann, ob ich noch einen Wunsch habe." Ich lächle Jens breit an.

„Und?" Jens ist noch nicht zufrieden mit meinen Ausführungen.

„Danach war selbst mir klar, dass auch er mehr möchte als nur Bauch streicheln." Ich zwinker kurz.

„Klingt spannend."

„Ja, und den Rest darfst du dir ausmalen. Ich hoffe, du hattest auch einen schönen Abend!?"

„Nicht so aufregend wie der dein. Wir waren Bowlen. War auch schön." Jens grinst mich breit an. „Ich freue mich für dich. Jetzt lass uns was arbeiten, nicht dass wir noch Ärger bekommen."

Dreht sich um und setzt sich an seinen Schreibtisch.
'Arbeiten... zum Glück ist heute Freitag, ich kann es kaum erwarten Erwin wieder zu sehen.' denke ich und schaue nach den neusten Emails.

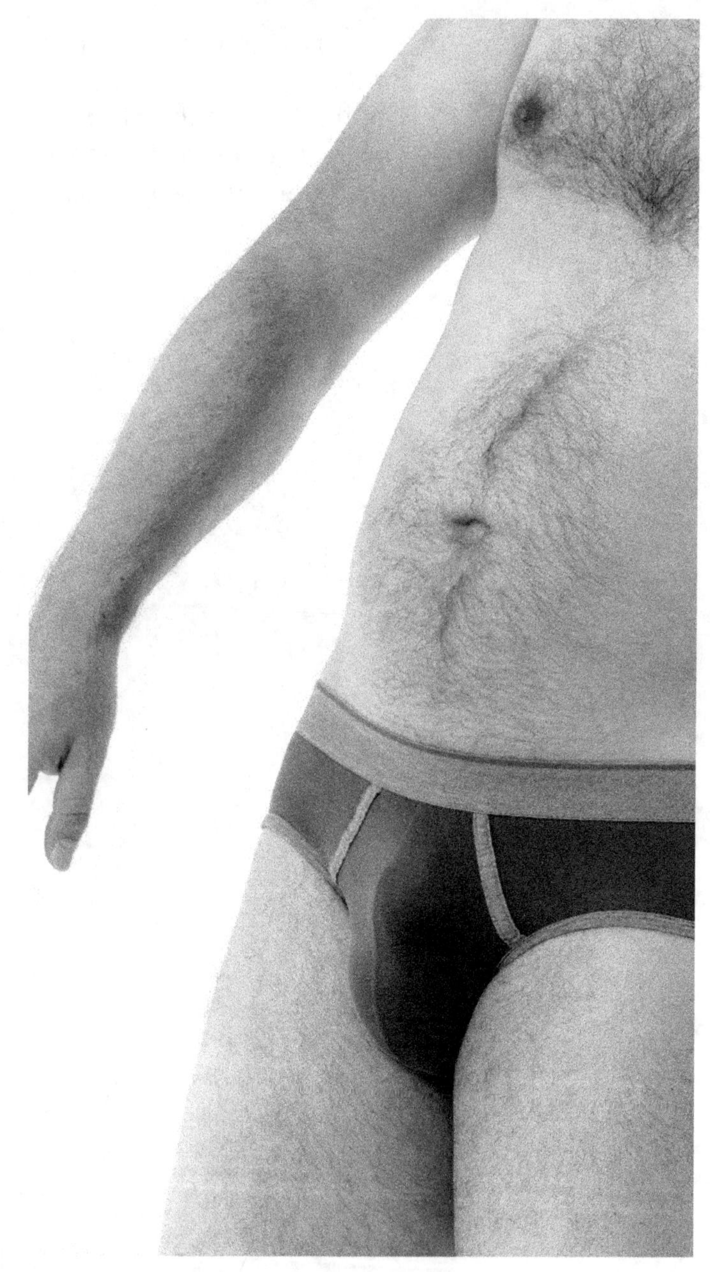

Ekstase

Der Arbeitstag verlief zäh. Immer wieder gingen mir die Eindrücke des letzten Abends durch den Kopf. Mit so einem geilen Kerl hatte ich noch nie Sex. Dass mich ein haariger Kugelbauch dermaßen anmachen würde, hätte ich auch nicht gedacht. 'Wahrscheinlich, weil der Bauch einem geilen Kerl gehört.'
Zum Mittagessen gibt es Salat mit Garnelen. Das schmeckt lecker und ist zudem noch schnell gemacht. Ich verräume hier und da ein paar Dinge, die nicht in der Wohnung herumstehen müssen und fahre kurz mit dem Staubsauger über den Teppich. Erwin soll nicht den Eindruck bekommen, ich wäre unordentlich.
Kurz vor 13 Uhr werde ich nervös. Jeden Augenblick kann er ankommen. Ob er zuerst den Durchlauferhitzer austauscht oder wir sofort übereinander herfallen? Egal, ich freue mich auf ihn.
Es ist 13 Uhr und anstelle der Türglocke meldet sich mein Smartphone. Erwin schreibt mir eine WhatsApp: „Sorry, ein Notfall, es wird später. So gegen 14:30 Uhr sollte klappen. Erwin."
'Mist.' jetzt muss ich noch mal warten. Etwas enttäuscht mache ich mir eine Tasse Kaffee und setzte mich raus auf die Terrasse. 'Kaffee! Ich könnte noch ein bisschen Kuchen besorgen gehen. Erwin wird sich sicher freuen über ein ordentliches Stück Kuchen und ich habe was zu tun, bis er endlich kommt. Genug Schwarztee ist noch im Haus...'

Ich trinke meinen Kaffee aus und mache ich mich auf den Weg in den Ort zu dem Konditor, der die leckeren Torten macht. Dort kaufe ich zwei Stücke von dem Schokocreme-Kuchen mit Bananenscheiben drauf und bin um 13:35 Uhr schon wieder Zuhause.
'Mist, immer noch eine Stunde bis Erwin kommt.' Gelangweilt lege ich mich draußen in meine Hängematte und genieße die Wärme des schönen Spätsommertages. Das leichte schaukeln, die Wärme und das leise Brummen der Stadt im Hintergrund machen mich schläfrig und wenig später bin ich eingeschlafen.
„Dring-Dring…" Die Türklingel weckt mich unsanft. Gerade noch war ich auf einer grünen Blumenwiese und bin den Hang hinunter gerollt. Keine Ahnung, wieso mein Unterbewusstsein glaubt, ich müsste so einen Traum haben.
Schwerfällig winde ich mich aus der Hängematte und eile, noch leicht benommen, zur Haustür. Unterwegs ramme ich mit meiner Schulter den Rahmen am Durchgang zur Diele. „Mist!" Mit der rechten Hand reibe ich meine linke Schulter. Das hat weh getan. Ich öffne endlich die Tür und vor mir steht Erwin in seiner vollen Montur. Mir wird schlagartig warm und ich fühle mich wieder wie auf der Blumenwiese und rolle hinunter durch das saftig frische Gras.
„Was ist passiert? Hast du dich irgendwo gestoßen?"
„Ja, ist aber nicht schlimm. Komm doch rein."
Erwin kommt durch die Türe, lässt seine Tasche fallen und nimmt mich in seine Arme. Die meinen schließen sich automatisch hinter Erwins Rücken

und ich lege meinen Kopf auf seine Schulter. Sein markanter Geruch steigt mir durch die Nase direkt in mein Gehirn und das schaltet meinen Körper augenblicklich in den Sex-Modus. 'Dass ein Geruch mich so geil machen kann.'
„Schön, dass du da bist."
„Tut mir Leid, dass es später geworden ist. Ein Wasserschaden lässt sich nicht so einfach verschieben. Ich habe die ganze Zeit an dich gedacht."
„Ich habe auch ständig an dich denken müssen und ich habe die Zeit genutzt und ein bisschen Kuchen geholt. Magst du Schokocreme?"
„Ja sehr, sollen wir gleich?"
Kurz bin ich irritiert. 'Was will er gleich?'
„Kaffee und Kuchen? Beziehungsweise Tee für dich." Frage ich nach.
„Ja, ich könnte jetzt echt was süßes gebrauchen."
'Ob ihm seine Zweideutigkeiten bewusst sind?' geht es mir durch den Kopf. Ich grinse.
„Komm, lass uns raus sitzen."
Ich trinke Kaffee, Erwin einen Schwarztee und beide genießen wird das lecker Stück Schokoladentorte. Wir bestätigen uns gegenseitig, wie toll der gestrige Abend gewesen ist und dass wir uns auf mehr freuen.
„Aber vorher baue ich dir noch den neuen Durchlauferhitzer ein. Du wirst begeistert sein, dein altes Gerät ist wirklich von Vorgestern."
„Okay, dann gedulde ich mich noch etwas. Wie lange brauchst du denn ungefähr?"
„Das geht flott. In einer halben Stunde dürfte das Ding montiert sein. Musst dich also gar nicht so

lange Gedulden."
Ich freue mich, dass es nicht so lange dauern wird und lache.
Wenig später steht Erwin in meinem Badezimmer und beginnt das alte Ding von der Wand zu schrauben. Ich schaue ihm einen Moment lang zu, dann drehe ich mich um und räume das Kaffeegeschirr vom Terrassentisch in die Geschirrspülmaschine.

„Rolf..." Erwin ruft nach mir.
Begeistert schaut er mich an und sagt: „Schau her, schaut er nicht toll aus? Und der macht dir das Wasser viel schneller warm, musst nicht ewig warten, bis du unter die Dusche kannst!"
Erwin steht wieder ohne sein Shirt in meinem Bad und es fällt mir sehr schwer meinen Blick auf den Durchlauferhitzer zu richten.
„Der schaut wirklich toll aus..." Bestätige ich ihn und ergänze: „Und der Durchlauferhitzer ist auch hübsch." Ich grinse frech und Erwin lacht kurz auf.
„Vielen Dank, dass du mir das neue Gerät so schnell eingebaut hast. Du bist ein Schatz." Bedanke ich mich artig.
„Gerne, ich hoffe, du bist nach der Rechnung auch noch glücklich." scherzt Erwin. Sein Preis ist wirklich sehr günstig und ich denke, er verdient sich an mir keine goldene Nase.
„Ich räum hier noch schnell zusammen und dann darfst du mich gerne wieder auspacken."
Er drückt mir einen Kuss auf den Mund und sucht dann sein Werkzeug zusammen.
„Viel gibt es nicht mehr auszupacken."

Kommentiere ich was ich sehe und lasse ihn dann in Ruhe seine Arbeit beenden.

„Der Durchlauferhitzer wird gleich eingeweiht." ruft Erwin aus dem Badezimmer heraus. Er hat offensichtlich vor zu duschen, dabei habe ich noch gar nicht so richtig an ihm gerochen. Ich gehe zur Badezimmertüre. Erwin steht nackt vor der Duschwanne.
„Warte. Lass mich nochmal an dir riechen."
Erwin schaut mich erheitert an. „Magst du wie ich rieche?"
„Das hast du doch gestern schon bemerkt." erwidere ich.
„Ja, deshalb habe ich dir auch Bescheid gegeben." er lächelt mich lieb an. „Komm her und nimm dir eine Nase voll."
Ich lache laut aus und nehme ihn in meine Arme.
„Du bist ein lieber Kerl und du riechst verdammt gut." sage ich und ziehe seinen herben, männlichen Schweiß durch meine Nase.
„Du bist auch ein lieber Kerl und ich freue mich, dass du mich riechen magst."
„Sonst hab ich es nicht so mit Körpergeruch, aber du riechst irgendwie sexy."
„Ich spür's." Mein halb steifer Schwanz drückt gegen Erwins Bauch.
„Diese Wirkung hast du auf mich. Aber nicht nur der Geruch..." ich greife nach seinem Bauch und und vergrabe mein Gesicht in seiner Brustbehaarung. Er nimmt meinen Kopf und presst mich noch dichter an sich. Erwins Brust ist feucht vom Schweiß und ich reibe diesen geilen Duft in meinen Bart. Seine Brust fühlt sich

abwechselnd weich und dann wieder hart an, je nachdem, wie er sich bewegt. Die borstigen Haare reiben an meiner Nase und an meinem Mund.

Erwin zieht mich hoch zu sich. Seine Hände halten meinen Kopf fest und sein Mund ist dicht vor meinem Mund. Wir küssen uns. Mit meiner Zunge spiele ich mit der seinen und lecke dann an seinen Lippen. Meine Händen halten seine Schultern, ich ziehe ihn näher an mich ran um ihn noch mehr zu spüren. Dann lösen wir uns.

„Soll ich noch duschen?" Ich schaue ihn an. Sein Schwanz hat ebenfalls an Größe gewonnen und schaut deutlich unter seinem Bauch hervor.

„Nein, bitte nicht." Ich glaube, ich habe einen treudoofen Hundeblick in diesem Moment, jedenfalls lacht Erwin herzhaft und meint: „Okay, dann weihen wir die Dusche später ein."

„Komm, wir gehen ins Bett. Ich habe so Lust auf dich." Erwin geht hinter mir her. Auf dem Weg ins Schlafzimmer zerre ich mein Shirt über meinen Kopf und werfe es einfach auf den Boden. Dann öffne ich meinen Gürtel, mache Knopf und Reißverschluss auf, ziehe die Hose aus und kurzerhand auch den Slip. Nackt lasse ich mich rücklings auf das Bett fallen.

Erwin schaut mich an, sein Blick bleibt fasziniert an meinem Unterleib kleben. „Du hast echt einen schönen."

„Danke."

Daraufhin kommt er auch schon näher, kniet sich zwischen meine Bein, beugt sich vor und nimmt meinen Schönen in seinen Mund.

'Oh ja, das fühlt sich gut an.' Seine Hände

greifen meine Hüfte und halten mich ganz fest. Ich schaue ihm zu, wie er meinen Schwanz mit Mund und Zunge verwöhnt.

Seine Glatze ist ganz glatt, nur an den Seiten hat er noch Haare, die er genau so kurz geschnitten hat wie seinen Bart. Seine Schultern wirken aus dieser Perspektive noch massiger und mit jedem mal, wenn er seinen Kopf in meinen Schoß senkt, sehe ich das Spiel seiner Muskeln. Ein Anblick, der mir ausgesprochen gut gefällt.

Ich lasse mich verwöhnen, genieße was er mit mir macht und das dazugehörige Schauspiel. Mein Schwanz fühlt sich steinhart an. Ein Gefühl, als könnte ich damit Leute aufspießen. Dann fange ich an von unten in seinen Mund zu stoßen. „uoh..." es fühlt sich einfach anders an, wenn man selbst aktiv wird. Erwin brummt und schnauft laut durch seine Nase. Einen Moment später lässt er mein Rohr aus seinem Mund gleiten.

„Geil." Bestätigt er mir mit gierigen Augen. „Ich will dich jetzt tief in mir spüren." Kaum ausgesprochen rückt er schon vor, nimmt etwas Spucke in die Hand und positioniert meinen Schwanz unter seinem Hintereingang. Sein haariger Kugelbauch kommt für einen Moment sehr nah an mein Gesicht. Ich greife danach und streichel sein Fell. Erwin senkt seinen Arsch und lenkt meinen Schwanz zu seiner Rosette. Meine Eichel bekommt Druck von oben. Langsam presst sich mein Schwanz in die warme Öffnung. Erwin brummt leise aber lustvoll, seine Aufmerksamkeit liegt jetzt ganz bei seinem Loch und dem Gefühl wie er Stück für Stück meinen harten Schwanz in sich schiebt.

Seine Körperwärme überträgt sich auf meine Eichel und die feuchte Stimulation fühlt sich elektrisierend an. Der Druck an meinem Schwanz erhöht sich merklich. Erwin wird langsamer, gibt sich Zeit, Zeit, die sein Schließmuskel braucht um sich für meinen Steifen zu öffnen. Der Drang, jetzt einfach von unten in ihn hinein zu stoßen steigert sich mit jeder Sekunde. Ich beobachte sein Gesicht, sehe, wie er in sich hinein fühlt und jeden Moment davon genießt. Dann öffnet er seinen Mund, der Brummton verstummt augenblicklich. Wie in Zeitlupe formt sich sein Mund zu einer runden Öffnung, bildet ein stummes „O". An meiner Schwanzspitze gibt der Schließmuskel allmählich nach und ich dringe langsam hindurch.

„ooouhh..." Erwins Empfindungen entweichen mit einem langen stöhnen aus seinem Mund.

„Ah jaaah..." entfährt es mir in dem Moment, als sein Arsch an meinem Schambein ankommt und mein langer steifer Schwanz komplett in ihm steckt.

Wir schauen uns an. „Alles okay?" frage ich.

Erwin nickt und sagt: „Dein Schwanz fühlt sich richtig geil an. uhhh..."

Langsam hebt er seinen Körper an und senkt ihn dann gleich wieder ab. Verweilt eine Sekunde auf mir und spürt in sich hinein. Danach gleich wieder und quittiert das was er fühlt mit einem kurzen Stöhnen. Mit jedem mal wird er ein bisschen schneller, schiebt sich meinen

Schwanz bis zum Anschlag in sein warmes Loch hinein. Erwin stöhnt immer dann kurz auf, wenn mein Rohr komplett in ihm ist und sein Arsch auf meine Schenkel trifft. „ah, ah, ah…" Sein Körper fühlt sich schwer an auf mir und seine Bewegungen bringen das ganze Bett ins wanken.

Sein Bauch entwickelt dabei eine ganz eigene Dynamik und folgt seinen Bewegungen einen kurzen Moment versetzt. Mein Blick klebt förmlich an diesem Schauspiel fest. Erwins Loch massiert ununterbrochen meinen Schwanz und meine Eichel. „Ahh…" ich stöhne mit ihm mit. Seine Kraft, die Massen und die Dynamik geben mir das Gefühl, dass mein ganzer Körper in im steckt. Ich winde mich unter ihm hin und her, spüre, dass ich nicht mehr lange brauche und bald kommen werde. „Ouhh… jaah…"

Erwin hält plötzlich inne. „Du kommst doch nicht gleich?"

„Ich hätte nicht mehr viel gebraucht." Ich schaue ihn an und er grinst nur.

„Dein Schwanz macht sich gut in meinem Hintern. Den will ich gerne noch ein bisschen drin haben."

„Mach ein bisschen langsamer, sonst platzt mein Schlauch und füllt dich mit meinem Sperma bis es dir oben wieder raus kommt."

Keine Ahnung, wie ich auf diesen Spruch komme, aber Erwin lacht schallend.

„Noch nicht, gib mir Bescheid dann pausiere ich wieder."

Darauf hebt er sein Becken ein bisschen an und fragt: „Kann´s weiter gehen?"

Ich nicke obwohl ich mir da nicht wirklich sicher bin.

Erwin macht langsamer weiter als zuvor. Dann lehnt er sich überraschend nach hinten und stützt sich mit beiden Händen auf meinen Beinen ab. Seine Augen schließen sich und ich kann nur vermuten was er fühlt. Wahrscheinlich presst sich so mein Steifes Rohr an seiner Prostata vorbei. „Uuhh..." Er verharrt kurz in dieser Position, genießt die Stimulation tief in seinem Innern. Ich kann seinen Schwanz sehen, der unter seinem Bauch hervorragt. Seine Eichel schaut genau in meine Blickrichtung. Ein geiler Anblick. Erwin setzt sein Werk fort. Jetzt wird er aber jedes mal langsamer kurz bevor mein Schwanz ganz in ihm ist. „Aaahhh..." ich treffe definitiv einen Punkt in ihm, der ihm schöne Gefühle durch den Körper schickt. „Uuhhh..., Aahhh..., aAaah..." Seine Bewegungen sind langsamer als vorhin und sein stöhnen ebenfalls. Ich fühle mich super, so kann ich den Spaß voll auskosten. Der Anblick ist einfach geil. Sein Bauch streckt sich etwas und wirkt nicht mehr so kugelartig wie zuvor, dafür sehe ich seine glänzend rote Eichel die langsam auf und ab wippt.

Unvermittelt stöhnt Erwin laut aus: „ooh-Uuuhhh..." ich spüre wie sich sein Loch fest anspannt und sehe, wie ein dicker Tropfen Sperma aus seinem Schwanz läuft. Mein ganzer Körper zuckt erregt zusammen. Erwin verharrt regungslos auf mir. „Oh... ist das geil!" presst er erregt hervor.

„Ja, ist es dir gekommen?" frage ich.

„Nein, aber dein Schwanz hat die richtige Stelle getroffen." Er strahlt mich glücklich an. „Kann ich weiter machen?"

„Lange brauch ich nicht mehr." gebe ich als Antwort.

„Okay, füll mich ab mit deiner heißen Soße."

„Mach schön langsam, bitte."

Er grinst mich an, und schon spüre ich wieder, wie er mit seinem Arsch meinen Schwanz massiert.

Wieder lehnt er sich nach hinten um mit meinem Schwanz mehr Druck auf sein inneres Lustzentrum zu geben. Jedes mal, wenn ich in ihn eindringe kommt der Moment, an dem seine Bewegung ganz langsam wird und er tief in sich hinein fühlt. „Aahhh..." Ich lasse alles einfach geschehen, fühle mich ausgeliefert unter ihm und habe dennoch den geilsten Anblick meines Lebens.

„Aaahhh..." Erwin hat die perfekte Position gefunden. „Aaahhh..." er macht ganz langsam, in einer gleichbleibenden, geschmeidigen Bewegung senkt er seinen Arsch auf meinen Schwanz und genießt die letzten Zentimeter wie in Zeitlupe. „Aaahhh..." immer wieder stöhnt er und atmet dabei lange aus. 'Was für ein geiler Fick.' denke ich und schaue weiter zu wie sich Erwin mit meinem Steifen vergnügt. Dann greife ich wieder nach seinem Bauch, streichel über sein borstiges Fell und stecke meinen Finger in seinen Nabel. „Aaahhh..." Sein Bauch ist einfach sexy. Mit meinen Händen fahre ich seine Form ab, die sich rund und prall anfühlt. Ich schaue zu, wie sich die Haare unter meinen Fingern hindurch bewegen und spiele mit ihnen. Dann greife ich nach seinen Eiern. „Uhhh..." Erwins Stöhnen ändert sich sofort. Ich massiere sie sachte mit meinen Fingern was mit einem „Ouhhh..." bestätigt wird. Meine Hand wandert weiter vor zu seinem dicken Schwanz der mir unentwegt entgegen schaut. Ich fahre mit der Handfläche über seine blanke, feuchte Eichel. „ouAAaaahhh..." Erwin zuckt heftig zusammen. Mein Schwanz wird von seinen Arschmuskeln, für einen kurzen Moment, kräftig zusammen gedrückt und aus seiner Eichel spritzt ein dicker Strahl Sperma. Erwin unterbricht dieses mal nicht und macht weiter mit seinem Werk. Ich habe immer noch seinen Schwanz in meiner Hand und wichse ihn ununterbrochen sachte weiter. Es dauert nicht lange und mein Schwanz trifft wieder auf seine Prostata, die wiederum dieses geile Gefühle ihn ihm auslöst, dass ihn spritzen lässt. „Oh ja... ouhhh... ja... ah..." anscheinend gefällt ihm, was ich mit seinem dicken Steifen mache.

Er wird wieder schneller. Die Wucht seiner Masse bringt das ganze Bett zum wackeln und ich bekomme wieder das Gefühl ein einziger geiler Schwanz zu sein. „Jaaah..." rufe ich, „gib´s mir!... aaah..." Erwin reitet hemmungslos auf mir und die Federung von der Matratze wird dabei heftig strapaziert. Meinen Schwanz nehme ich nicht mehr wahr, mein ganzer Körper befindet sich in absoluter Geilheit und wird von diesem mächtigen Mann unaufhaltsam zum Höhepunkt getrieben. Völlig ausgeliefert ergebe ich mich der grenzenlosen Lust und lasse mich einfach fallen.

Ich atme heftig und stöhne völlig unkontrolliert, will nun endlich kommen und mein Sperma in diesen geilen Arsch pumpen, aber die hoch explosive Energie in mir will nicht zünden.

Erwin stöhnt und wimmert immer lauter, reitet uns in wilde Ekstase und dann beginnt er plötzlich zu zucken, brüllt mit einem langen Schrei seine Lust hinaus und ergießt sich in heftigen Schüben in meiner Hand und auf meinen Bauch.

Das ist der Funken, den ich gebraucht habe, völlig unkontrolliert bäumt sich mein Körper unter Erwin auf und presst meinen Schwanz noch tiefer in sein feuchtes Arschloch hinein. Ich spüre eine heftige Kontraktion und presse den ersten Strahl Sperma durch meinen Schwanz hindurch tief in Erwins Loch hinein.

Mit einem Schlag löst sich die Spannung in mir und der Höhepunkt flutet meinen Körper mit berauschenden Drogen. Ich liege einfach da, ergebe mich den Empfindungen und spüre, wie mein Schwanz unaufhörlich einen Schub Sperma nach dem anderen in Erwin pumpt. Die Kontraktionen in meinem Beckenboden nehme ich deutlicher wahr als sonst. Übermannt von den Glücksgefühlen wimmere ich nur noch und nach einer gefühlten Ewigkeit beruhigt sich dann alles wieder. Tief befriedigt liege ich da.

Erwin legt sich neben mich und muss ebenfalls erst mal durchatmen. Meinen Orgasmus habe ich noch nie so erlebt. Für einen kurzen Moment habe ich gedacht er bleibt aus und ich spritze ohne Höhepunkt ab. Dann kam er aber um so gewaltiger über mich.

„Puhhh... das war mit Abstand das geilste, was ich je erlebt habe." Unterbricht Erwin die Stille.
„Ja, der Meinung bin ich auch, bin total erledigt." Ich roll mich zu ihm hin und küsse ihn.
„Eine Zeitlang hatte ich das Gefühl jeden Moment zu kommen, dann hast du meinen Schwanz massiert und ich dachte jetzt explodiere ich gleich." Erwin unterbricht kurz seine Schilderung und sagt dann: „Dein Schwanz hat immer wieder Sperma aus meiner Prostata gedrückt, das hat sich irre angefühlt."
„Ja, der erste Tropfen aus deiner Eichel hat so geil ausgeschaut, da hätte ich fast gespritzt."
„Zum Glück hast du es zurückhalten können." Er grinst mich frech an und ich küsse ihn wieder. Erwin schaut mich mit seinen lieben Augen an.
„Als du so richtig los gelegt hast, wollte ich eigentlich abspritzen. Mein ganzer Körper war geladen bis zum Anschlag aber der Höhepunkt kam nicht. Das war so geil, mein ganzer Körper war ein Schwanz."
Erwin lacht. „Bei mir war auch so ein Moment, dein Schwanz hat immer wieder gegen meine Prostata gedrückt und ich spürte, jeden Moment kommt's mir. Als du meinen Schwanz in die Hand genommen hast hat es sich noch gesteigert, aber es passierte nicht und ich befürchtete schon, mit deinem Schwanz in mir kann ich nicht kommen. Der Orgasmus kam dann gewaltig über mich, als würde jede Faser in meinem Körper abspritzen. So geil ist es mir noch nie gekommen!"
„Wow!" seine Beschreibung macht mich irgendwie stolz. Er hat mit mir einen

überwältigend schönen Orgasmus erlebt. Das berührt mich tief und plötzlich muss ich weinen.
Erwin schaut mich erschrocken an. „Was ist denn?“
„Nichts, die Empfindungen überwältigen mich... einfach.“ Erwin nimmt mich in seine Arme und hält mich ganz fest. Ich kann es nicht stoppen, laut schluchzend liege ich neben ihm und weine an seiner Schulter.
Nach und nach beruhige ich mich endlich wieder und sage. „Tut mir Leid, ich weiß selbst nicht...“
Erwin unterbricht mich sanft: „Alles ist gut!“

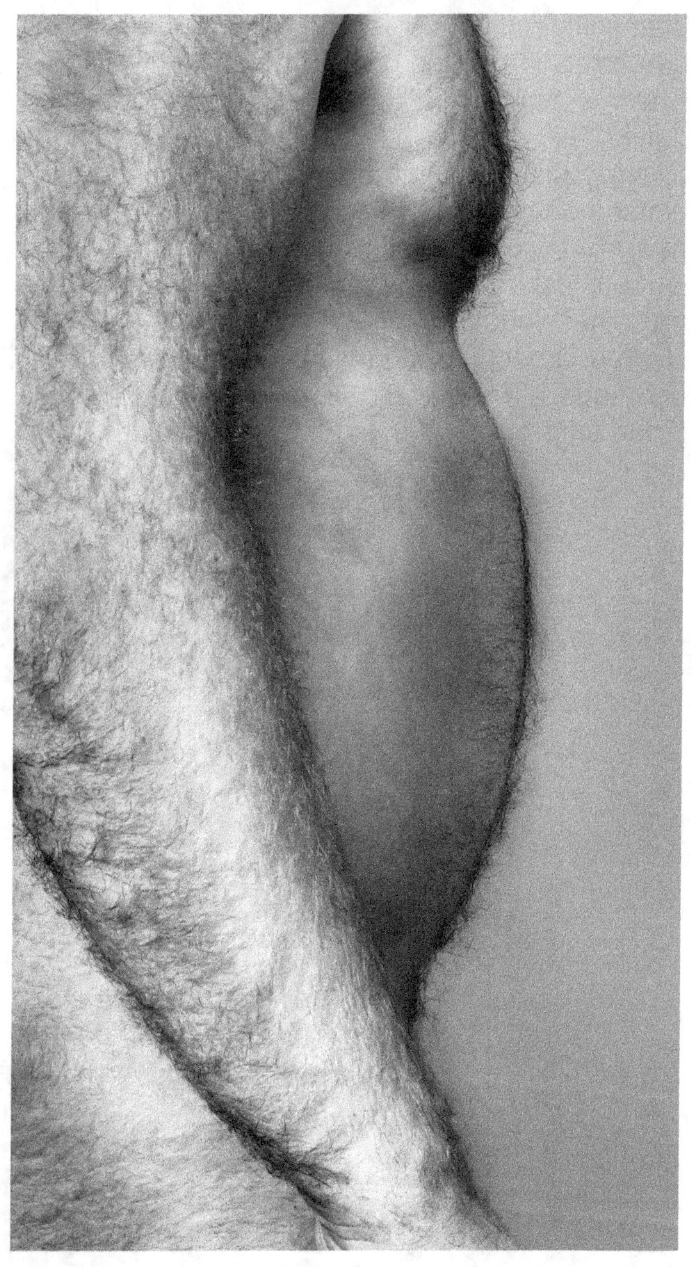

Beim Italiener

Minutenlang liegen wir ganz still aneinander gekuschelt im Bett. Erwin hält mich immer noch fest in seinen Armen. Ich genieße seine Wärme und das Gefühl der Geborgenheit.
„Na du, geht es wieder?"
„Ja, danke dir."
Ich schaue ihn an und küsse ihn auf seine stoppelige Wange.
„Gehen wir essen?" Fragt er mich plötzlich.
„Gute Idee," sage ich, „lass uns vorher aber noch den Durchlauferhitzer ausprobieren." Ich lächle ihn an und drehe mich seitlich aus seiner Umarmung um aufzustehen. Erwin erhebt sich ebenfalls und stöhnt dabei.
„Meine Beine fühlen sich ziemlich erledigt an."
Ich lache kurz und sage: „Du hast auch ganz schön gearbeitet auf mir. Das war ein richtiges Workout."
„Puhhh... das werde ich morgen spüren."
„Dann wird dir eine heiße Dusche jetzt sicher gut tun. Geh du zuerst."
Erwin hat vorgesorgt und ein paar frische Klamotten mitgebracht. Während er sich mit einem großen Handtuch den haarigen Körper abtrocknet steige ich unter die Dusche.
Der neue Durchlauferhitzer ist wirklich um Dimensionen besser als das alte Gerät, das gerne einfach mal ausging und mich mit kaltem Wasser überraschte.
„Den Durchlauferhitzer hätte ich wirklich schon längst tauschen sollen." brülle ich unter der

dampfenden Dusche in Erwins Richtung.

„Ist viel besser, oder?" Höre ich von der Seite.

„Ja, danke nochmal, dass du mir da gut zugeredet hast."

Ich dusche gerne heiß und auch gerne lange. Jetzt verkneife ich mir das Vergnügen, damit Erwin nicht länger auf mich warten muss, als nötig ist.

Nass und glücklich steige ich aus der Dusche.

„Wo wollen wir denn essen?" Frage ich.

Erwin schaut mich an und sagt: „Gute Frage, hast du Lust auf Pizza?"

„Klingt gut, ich war schon eine Ewigkeit nicht mehr beim Italiener. Hoffentlich bekommen wir überhaupt einen Platz."

„Ich ruf kurz an." Erwin geht aus dem Badezimmer und ich trockne derweil meinen Körper ab.

Eine Minute später bin ich fertig, creme mich kurz ein und gehe nackig zum Kleiderschrank im Schlafzimmer.

„Ich habe uns einen Tisch reserviert. Kann also nichts mehr schief gehen." Teilt mir Erwin strahlend mit. „Ich habe jetzt echt Hunger."

„Klasse, ich zieh mich schnell an und dann könne wir auch gleich los."

Draußen ist es immer noch warm und wir gehen zu Fuß zu dem guten Italiener im Ortskern. Freitag abends ist das Restaurant sicher voll. Gut, dass Erwin angerufen hat. So hungrig wie wir sind wäre es echt blöd, wenn wir keinen freien Tisch bekommen würden.

Unser Fußmarsch dauert nicht lange, zehn Minuten später betreten wir die Pizzeria am

Marktplatz. Wie vermutet ist es proppenvoll.

„Wir haben reserviert..." Erwin teilt dem Kellner mit, dass er vorhin angerufen hat.

„Sì, kommen sie bitte mit, ich ´abe einen schönen Tisch für die ´erren." Wir folgen der netten Aufforderung und mit den Worten: „Bitte schön." legt er uns noch zwei Speisekarten auf den Tisch und verschwindet wieder.

Es war der einzige freie Tisch im Raum. Das Restaurant ist beliebt und am Wochenende gehen die Leute nun mal gerne Essen. „Zum Glück hast du angerufen." sage ich und lächle Erwin an, der mir gegenüber Platz genommen hat.

„Ja, ich bin auch froh, und hungrig wie ein Stier. Hoffentlich kommt die Bedienung schnell wieder, damit wir bestellen können."

„Weißt du schon, was du nimmst?"

„Ja, eine große quattro stagioni, wie immer eigentlich." Er zwinkert mir kurz zu. „Was nimmst du?"

„Ich schau noch, war schon ewig nimmer hier! Aber wenn der Kellner gleich kommen sollte, dann nehme ich eine Pizza diavola." Scherzhaft füge ich hinzu: „Nicht, dass du mir hier am Tisch verhungerst."

Er lacht kurz, greift seine Bauch und sagt: „Ich hab vorgesorgt, keine Angst."

Ich lache, schaue auf seinen Bauch und erwidere: „Es wäre schade um deinen tollen Bauch!"

„Ich bin froh, dass er dir gefällt. Den meisten Kerlen bin ich zu dick."

„Bei dir sind halt auch Muskeln dran und du bist

kräftig, stämmig und fühlst dich fest an. Ich mag das. Von deiner Behaarung ganz zu schweigen..." Mein Blick fällt wieder auf seinen Hemdkragen, der bis zur Brust geöffnet ist und mir einen animalischen Einblick gewährt.
„Danke."
„´aben sie schon gewählt?" Der nette Kellner taucht wie aus dem Nichts auf und steht neben unserem Tisch.
„Eine große quattro stagioni bitte, einen gemischten Salat und ein Weizenbier dazu." Erwin schaut mich erwartungsvoll an.
Ich schaue zum Kellner und sage: „Eine Pizza diavola, einen Tomatensalat und zum Trinken nehme ich eine große Apfelsaftschorle."
„Wollen sie eine große Pizza ´aben?" der Kellner schaut mich fragend an.
„Eine mittlere bitte."
„Danke." bekomme ich zur Bestätigung. Er greift die beiden Speisekarten, dreht sich um und geht wieder.
Erwin schaut mich zufrieden an. Wahrscheinlich ist er froh, dass ich nicht lange gefackelt habe und kurzerhand die angekündigte diavola nehme.
Während wir auf unsere Bestellung warten erfahre ich, dass Erwin ebenfalls ganz gerne ins Kino geht und wir beschließen, nächste Woche, gemeinsam einen Film anzuschauen. Wir unterhalten uns über dies und das, machen unsere Scherze über aktuelle Geschehnisse und lachen ausgelassen über einige Blödeleien.
Dann kommt auch endlich unser Essen. Erwins Pizza schaut um einiges größer aus als meine.

„Guten Appetit."
„Lass es dir schmecken."
Die Pizza schmeckt richtig lecker und mit dem Salat zusammen bin ich auch richtig satt geworden. Erwin hat seine große Pizza schneller gegessen als ich meine normale. Zufrieden schaut er mich an und wischt sich mit der Serviette den Mund ab.
„Das habe ich echt gebraucht. Jetzt fühle ich mich wieder wie frisch aufgetankt."
„Ich bin einfach nur voll. Bestellen wir noch einen Espresso?" schlage ich vor.
Erwin winkt den Kellner an unseren Tisch.
„Bitte noch zwei Espresso für uns."
Mit einem knappen „Sì." quittiert er unsere Bestellung und macht sich gleich auf den Weg zur Theke, wo die riesige Kaffeemaschine steht.
Drei Minuten später stellt er uns zwei kleine Tässchen mit dem starken Kaffee auf den Tisch.
„Due Caffè. Prego."
Erwin fragt gleich nach der Rechnung und bis wir unseren Espresso getrunken haben steht der nette Kellner auch schon wieder da und wir bezahlen.
Um einiges gemütlicher machen wir uns auf den Rückweg. Wir sind satt und voll. Es ist kurz vor 21:30 Uhr und es ist immer noch hell. Der Himmel leuchtet in einem dunklen blau und da, wo die Sonne gerade unter gegangen ist, erstrahlt er in hellem türkis. Ich genieße die lauen Temperaturen und die angenehme Gesellschaft von Erwin macht den Moment perfekt. Ich fühle mich glücklich und zufrieden, wie schon lange nicht mehr.

Erwin zieht mich aus meinen Gedanken. „Sollen wir noch durch den Park spazieren? Es ist so angenehm draußen und mich zieht es noch nicht nach Hause."
Wir machen also einen kleinen Umweg, gehen an dem hübschen See vorbei und spazieren durch die trockene Wiese. Es dauert nicht lange und wir biegen in die Straße ein in der ich wohne.
„Bleibst du noch da?" frage ich ein bisschen unsicher.
„Ja." kommt seine knappe Antwort und ich spüre seine Hand, die über meinem Rücken streift.
Ich lächle ihn zufrieden an.

„Magst du nochmal ein Bier haben?" frage ich ihn kurz nachdem wir bei mir angelangt sind.
„Danke, ich nehme lieber ein Wasser. Ein Bier reicht mir völlig."
„Okay, ich habe auch Apfelsaft und du kannst gerne einen Tee haben."
Erwin lacht kurz. Wahrscheinlich kennt er das von anderen Begegnungen. Der Gastgeber möchte halt gerne mehr als nur Wasser anbieten. „Wasser ist mir wirklich am liebsten."
Ich hole ein großes Glas Wasser, mache mir selbst eine Apfelsaftschorle und setzte mich zu Erwin hinaus auf die Terrasse. Die angenehme Sommernacht lädt buchstäblich dazu ein.

Allmählich werde ich müde und auch Erwin hat schon einige male herzhaft gegähnt.
„Es ist spät geworden..." beginnt er.
Ich unterbreche seinen Satz und sage spontan:

„Schläfst du hier?"
Erwin schaut mich ein wenig überrascht an, sagt
aber: „Ja, wenn du das möchtest."
Ich grinse ihn an und erwidere: „Ich möchte
einfach nochmal nackt in deinen Armen liegen."
„Das klingt schön."

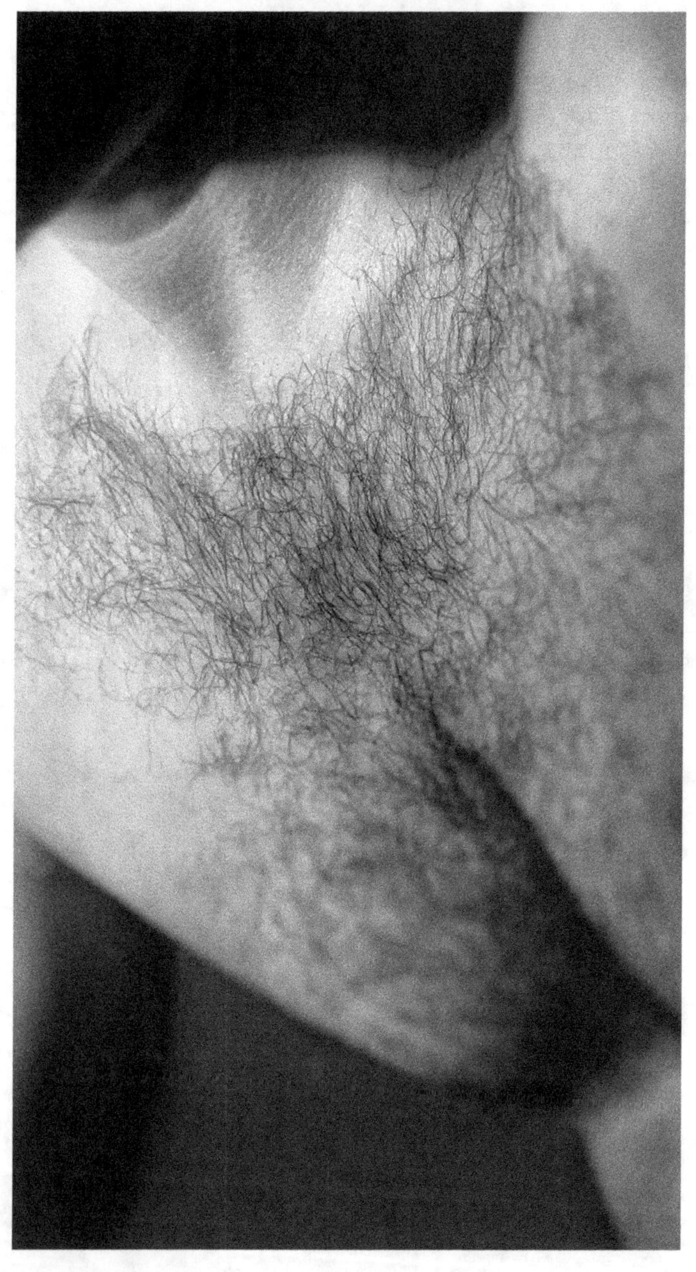

Guten Morgen

„Dü-dü-dü-dü-dü-dü-dü-dü..." Ich schrecke hoch.
'Mist, ich habe vergessen den Wecker auszumachen.'
Hastig taste ich nach dem Knopf um das Gerät abzustellen.
„Tut mir Leid, das blöde Ding vergesse ich fast jedes Wochenende."
Erwin zieht mich wieder an sich heran. „Macht nichts, ich bin vor ein paar Minuten schon aufgewacht."
Ich liege in seinen Armen und spüre seine angenehme Körperwärme. Sein rundlicher Bauch schmiegt sich perfekt oberhalb meines Pos an meinen Rücken. Ganz ruhig hält er mich fest an sich gedrückt. Ich spüre, wie er in langen Zügen Luft in seine Lungen zieht. Sein Atmen ist ruhig und lautlos was eine fast schon meditative Wirkung auf mich hat.

Es wackelt und ich wache wieder auf. Erwin zieht langsam seinen linken Arm unter mir hervor. „Ich muss mal ins Bad." sagt er fast flüsternd.
„Mhm." erwidere ich und drehe mich auf den Bauch.
Wenig später rieche ich Kaffee. Erwin kommt zurück und sagt: „Guten Morgen du Schlafmütze, magst du einen Kaffee trinken?" und stellt einen großen Becher neben mich.
„Danke dir." Meine Augen lassen sich nur widerwillig öffnen, aber ich lächle ihn wenigsten

an. „Komm, bitte nimm mich nochmal für zwei Minuten in deine Arme, dann steh ich auf, versprochen."

Er grinst und folgt meiner Bitte. Selig brumme ich und schmiege meine Rückseite an seine Vorderseite. Erwin erwidert meine Bewegungen und zieht mich kräftig an sich heran. Er streichelt meinen Bauch und massiert sanft meine haarige Brust. Dann greift er in meinen Bart. „Du hast einen tollen Vollbart."

Ich brumme wohlig und sage: „Danke."

Er drückt mir einen Kuss in meinen Nacken was mich kurz wimmern lässt. Dann spüre ich seine Hand wieder auf meiner Brust. Er spielt mit den Haaren darauf, wandert dann über meinen Bauch tiefer bis zu meinem Schambein und zieht mich dort noch dichter an sich heran.

„uhhh..." das fühlt sich gut an und jetzt spüre ich auch, wie seine weiche Eichel ganz sanft gegen meine Arschbacken drückt.

Erwin atmet hörbar aus und brummt mir ins Ohr. Ich schiebe meinen Hintern ein Stück weiter nach oben um seinem Schwanz entgegen zu kommen. Meine Arschbacken spanne ich immer wieder kurz an und hoffe, dass es ihm gefällt. Sein Schwanz rutscht tiefer in meine Spalte. Er fühlt sich dick an. Erwins Körper regt sich hinter mir und hält mich fest in seiner Umarmung gefangen. Er reibt seinen Schwanz mit langen sanften Bewegungen zwischen meinen Arschbacken. „mmmh..."

Sein Bauch arbeitet spürbar und zwischen meinen Backen wird sein Glied immer steifer. Stetig kommt er näher, dringt tiefer und tiefer zwischen den Arschbacken hindurch meinem Loch entgegen.

Ein wohliges Gefühl entsteht in dem kurzen Moment, als er meine Rosette berührt. „oh..."

Erwin grunzt kurz und rutscht ein kleines Stück tiefer. Seine Eichel schaut nun direkt auf meine Rosette und drückt sich ein kleines Stückchen hinein. Sofort steigt Verlangen in mir auf. Ich komme ihm entgegen und drücke mit meinem Arsch gegen seine Schenkel. Sein Schwanz rutsch noch ein Stück tiefer und stößt gegen meinen Schließmuskel.

Erwin stöhnt leise. Sein Schwanz steckt in mir drin, nur ein paar Zentimeter, aber es fühlt sich zwischen meinen Backen so an, als würde er mich von hinten mit einem dicken Pfahl aufspießen wollen.

Ich bin erregt. Mein Schwanz steht steil von meinem Körper ab, aber meine Lust und Aufmerksamkeit liegt ganz wo anders. Zwischen meinen Arschbacken steckt Erwins dickes Ding und schiebt sich immer wieder bis an meinen Schließmuskel vor, drückt leicht dagegen, aber nicht weiter. Erwins Schwanz ist zwar richtig dick, aber für diese Position etwas zu kurz um ganz einzudringen. Sein Kugelbauch ist für das Vorhaben auch nicht gerade förderlich. Ich genieße es trotzdem. Sein dicker Schwanz fühlt sich gut an so und ich muss mir keine Sorgen mache, ob er überhaupt durch meinen Schließmuskel passt.

Plötzlich dreht er mich auf meinen Bauch und setzt sich auf meine Schenkel. Mein steifer Schwanz wird tief in die Matratze gedrückt und ich ächze kurz unter seinem Gewicht. Erwin massiert mit den Händen meine Arschbacken und ich spüre, wie er diese auseinander zieht. Gleich danach ist seine Eichel an meinem Loch. Meine Erregung steigert sich augenblicklich. Langsam dringt er in mich ein, ich spüre seinen Schwanz, wie er mein Loch weitet und dann an meinen Schließmuskel stößt, der den weiteren Weg für ihn versperrt.

Für einen Moment bekomme ich Angst er könnte mir mit seinem dicken Ding weh tun. Aber Erwin wartet geduldig und gibt nur wenig Druck auf mein Loch. Ich versuche mich zu entspannen und hoffe, Erwin gibt mir genug Zeit dafür.

Seine Hände massieren meine Arschbacken und streicheln hoch zu meinem Rücken. „Entspann dich." sagt er im ruhigen Ton.

Behutsam lehnt er sich weiter vor und gibt etwas mehr Druck auf meine Pforte. Geilheit durchströmt mich. Ganz langsam dringt er tiefer in mich, wartet ein bisschen und gibt mir so ein sicheres Gefühl.

Erwins dicker Kolben weitet mein Loch. Noch nie hatte ich so einen breiten Schwanz in mir und ich frage mich nach wie vor, ob er wirklich hineinpassen wird. Immer weiter dehnt er meinen Eingang und die Spannung auf meinen Muskel beschert mir Gefühle, die ich so noch nie erlebt habe. Stück für Stück dringt er tiefer in mich hinein und ich spüre, dass er bald hindurch ist. Dann lässt der Druck spürbar nach. Erwin gleitet einfach vollends hinein. Große Lust durchströmt meinen Körper und ich stöhne: „ouhhh..."

„Alles gut bei dir?" Erwin vergewissert sich bevor er weiter macht.

„Jaaa... dein Schwanz ist ein richtig dicker Kolben. Geil, das er rein passt." Ich schiebe ihm meinen Arsch entgegen und spüre wie er seinen Dicken aus mir heraus zieht. Gleich darauf steckt er ihn wieder hinein. Sein Schwanz füllt mein Loch richtig stramm aus. Das Gefühl lässt mich laut stöhnen: „Aaahhh..."

Nochmal vergewissert sich Erwin, ob alles in Ordnung ist.

„Ja, das ist so geil..."

Er wiederholt sein Spiel und dieses Mal lehnt er sich weiter vor, stützt sich mit seinen Händen neben mir ab. Dann schiebt er mir seinen Dicken in mein gieriges Loch, presst sein Schambein fest auf meinen Arsch und fängt an mich zu ficken. Mit jedem seiner Stöße drückt er mich nach unten und meinen steifen Schwanz direkt auf die feste Matratze.

Erwin schnauft und brummt. Nach ein paar Stößen zieht er sich heraus, legt sich auf mich und nimmt mich in seine Arme. Nur kurz dauert die Pause, er dreht mich auf den Rücken, packt meine Beine auf seine breiten Schultern und setzt seinen dicken Prügel wieder an mein feuchtes Arschloch. Ich schaue ihm in die Augen und er schaut mich an. Lust und Gier stehen in seinem Gesicht. „Du bist so geil." sagt er und schiebt sein Rohr in mich hinein. „Aouhhh..." wir stöhnen gemeinsam unsere Empfindungen hinaus.

Dann lehnt er sich gegen meine Beine, mein Becken schiebt sich ihm entgegen und er presst sich ganz in mich hinein. Ich zerfließe vor Lust. So ausgefüllt habe ich mich noch nie gefühlt. Erwin fängt an in mich hinein zu stoßen. Sein runder Bauch reibt meine Eier und meinen Schwanz, der schon ganz feucht ist von den vielen Lusttropfen, die ihren Weg durch die Eichel gefunden haben.

Mein Bär stößt zu. „ah..." Das ganze Bett hat die Beschleunigung der Massen abgefangen und gehörig gewackelt. Mein Stöhnen hört sich, für einen kurzen Moment, wie ein hohes quieken an und ich wundere mich über mich selbst.

Er genießt es regelrecht sich bis zum Anschlag in mich hinein zu versenken, schaut mir dabei in mein Gesicht und sagt: „Das ist so geil!"

„Jaa-ah... fick... mich...!" Ich greife in seine Brusthaare und knete seinen fleischigen massigen Körper. Minutenlang verwöhnt er mich mit seiner enormen Männlichkeit. Dann zieht er ihn raus, nimmt meine Beine in die Hände und spreizt sie auseinander. Sein Schwanz findet seinen Weg alleine in sein Ziel und direkt wieder in meine feuchtwarme Höhle hinein.

Erwin rückt bis dicht an mich heran, kniet vor meinem Arsch und fickt weiter. Sein Tempo steigert sich und die Wucht, mit der er auf mich trifft durchfährt meinen ganzen Körper. „Ohjaahhh..."

Mein Stöhnen scheint ihn zu motivieren. Schweißtropfen rinnen an seiner Stirn entlang und tropfen auf seinen Bauch. Immer schneller treibt er seinen breiten Kolben in mich hinein und immer kräftiger prallen seine großen Eier an meine Arschbacken.

Jeder seiner Stöße schickt eine Welle an Lust durch meinen ganzen Körper, die sämtliche Gedanken aus meinem Kopf spült. Ich bestehe nur noch aus grenzenloser Lust. Erwin fickt mich fast zur Besinnungslosigkeit. Minutenlang fickt er was das Bett aushält und wir stöhnen gemeinsam lauter und lauter. Wie im Rausch nehme ich seine Stöße wahr, sehe diesen Bullen vor mir und wie sein animalischer Körper arbeitet. Sein Gesicht verzerrt sich immer wieder vor Lust und Ekstase. 'Lange wird er das Tempo nicht mehr durchhalten.' geht es mir durch den Kopf.

Dann wird er langsamer. Ich beobachte, wie sich von einem Moment zum anderen seine Muskeln anspannen und sich sein Gesicht wie unter enormen Schmerzen verzerrt. Er spürt tief in sich hinein, dann, unaufhaltsam übernimmt der Höhepunkt die Kontrolle über seinen Körper und übermannt ihn. Ein Cocktail an berauschenden Glücksgefühlen durchflutet jede Faser von ihm.

Erwin schreit: „uooooaAAAaaaaaahhh…“ er presst seinen dicken Schwanz tief in mich hinein. Gleich darauf zuckt er heftig zusammen. Ich spüre, wie sein Schwanz in mir zu pumpen beginnt und wie er sein Sperma in mein Loch spritzt. Seine Muskeln kontrahieren rhythmisch in mir, immer wieder zuckt sein ganzer Körper. Erwins Orgasmus dauert lange. Dann öffnet er seine Augen und schaut mir ungläubig ins Gesicht. Sein Schwanz zuckt noch in mir und er sagt: „Du geiler Kerl!“

„Du geiler Ficker.“ gebe ich zurück. Noch nie hat es mir einer dermaßen besorgt. Dann zieht er unerwartet seinen dicken Schwanz aus mir heraus und ich spüre, wie sehr er mein Loch aufgetrieben hat. 'Davon werde ich morgen noch was haben.' wird mir klar.

Erwin legt sich mit einem „ouhhh..." neben mich. Seine Beine haben erneut ganze Arbeit leisten müssen. Wenn die Lust einen antreibt, dann bemerkt man oft die Anstrengung nicht und erst danach spürt man was man geleistet hat.

Erwin nimmt mich wieder in seine Arme. Dann flüstert er in mein Ohr: „Hat länger als zwei Minuten gedauert."

Ich lache und sage: „In die Arme nehmen...!"

„Ja, ich halte dich gerne. Du geiler Kerl!"

Er atmet tief und entspannt. Dann fragt er: „Willst du auch kommen?"

„Kannst dich nachher um mich kümmern, wenn du magst. Lass uns jetzt lecker frühstücken, ich bin ganz hungrig. Der Kaffee ist bestimmt ganz kalt mittlerweile."

„Nur noch ein kleines Bisschen halten..." Erwin drückt mich fest an sich.

Erwins Wohnung

Den kalten Kaffee tausche ich gegen einen heißen und mache Erwin eine Tasse schwarzen Tee. Gemütlich sitzen wir in der Küche und essen ein paar Brote. Erwin bevorzugt Marmelade, ich Wurst und Käse.
„Hast du gut geschlafen?" frage ich.
„Ja, ich war tief und fest eingeschlafen und bin erst kurz bevor dein Wecker los ging wieder zu mir gekommen. Normalerweise habe ich eher einen leichten Schlaf, aber mein Körper war wohl irgendwie erschöpft." Er grinst mir frech entgegen. „Und du?"
„Auch gut, dein ruhiger Atem hat mich sanft einschlafen lassen." ich pausiere. „Der Wecker tut mir echt leid. Ich habe ihn schon wieder vergessen abzustellen. Aber ohne das fiese Piepsen würde ich womöglich immer noch schlafen und da wäre uns doch was entgangen!" Jetzt grinse ich ihn frech an.
„Ist es okay für dich, wenn du keinen Orgasmus gehabt hast? Nicht, dass dir nachher die Eier weh tun."
Ich muss lachen. „Keine Sorge, so etwas kenne ich gar nicht. Für mich war es so wie es war, sehr geil und ich finde es meistens eher unbefriedigend, wenn von mir erwartet wird, dass ich jetzt abspritze. Dann wird die Sache mechanisch und der Genuss geht flöten."
Sein Gesicht zeigt mir, dass er versteht was ich meine.
„Dann spare ich mir meinen Saft lieber für einen

anderen geilen Moment auf!" ergänze ich meinen Satz. „Außerdem finde ich es schön wenn ich geil bin. Abspritzen ist zwar super, beendet den schönen geilen Zustand aber auch."
Erwin nickt.

Nach dem Frühstück packt Erwin seine Sachen zusammen. Wir haben uns zum Abendessen bei ihm verabredet. Zum Abschied drücke ich ihn herzhaft, gebe ihm ein dicken Kuss und schaue zu, wie er wegfährt. Dann steige ich erst mal unter die Dusche. Das heiße Wasser brennt angenehm auf meiner Haut und ich habe Lust, es mir länger als sonst über den Körper laufen zu lassen. Der neue Durchlauferhitzer ist einfach super, wie der Kerl der ihn eingebaut hat.

Den ganzen Tag habe ich nicht wirklich viel zu tun. Ich lasse eine Waschmaschine Wäsche laufen und wische etwas Staub. Die meiste Zeit lese ich in meiner Hängematte, draußen im Schatten wo es angenehm ist. Gegen 15 Uhr mache ich mir eine Tasse Kaffee und genieße sie ebenfalls draußen. Immer wieder schaue ich auf die Uhr. Ich bin gespannt, wie Erwin lebt und freue mich auch schon wieder auf ihn. Definitiv bin ich von ihm fasziniert und fühle mich sehr stark zu ihm hingezogen. Nichts wünsche ich mir mehr, als dass dieses Gefühl lange anhält. Mir ist aber auch klar, dass all das seine Zeit braucht, dass sich nichts erzwingen lässt und hoffe einfach, Erwin fühlt sich ebenso stark zu mir hingezogen.

Langsam wird es Zeit. Ich beschließe mich zu Fuß auf den Weg zu machen. Ein kleiner Spaziergang wird mir sicher gut tun nachdem ich den ganzen Tag faul zwischen den Bäumen hing. Erwin wohnt über seinem Geschäft. 'Müller und Söhne' lese ich, frage mich wo die Söhne sind und ob Erwin eine Hetero-Vergangenheit hat.

An der massiv wirkenden Haustüre gibt es drei Klingelknöpfe. Unten lese ich „Firma Müller" und die oberen zwei Klingelschilder sind mit „E. Müller" und „P. Müller" beschriftet. Erwin hat mir gesagt ich muss oben läuten, was ich sicher auch selbst bemerkt hätte. Ich drücke den Knopf und einige Sekunden später öffnet sich die Tür. Eine Treppe führt mich nach oben in den zweiten Stock und als ich oben ankomme steht Erwin schon lächelnd im Türrahmen seiner Wohnung.

„Willkommen." Begrüßt er mich knapp und gibt mir einen Kuss auf den Mund. „Komm rein."

Erwin ist leger und knapp bekleidet. Sein gelbes T-Shirt spannt über seine wuchtige Kugel und unten schaut ein kleines Stück von seinem haarigen Bauch hervor. Unter dem Bauch spannt der Bund seiner knappen blauen Sporthose. In seinem Schritt zeichnet sich deutlich ab, was der Mann zu bieten hat.

„Ich muss mir noch kurz was vernünftiges anziehen. Magst du was trinken?"

„Hast du Apfelsaft?" frage ich.

„Ja, ich habe extra was besorgt. Ich mache dir eine große kühle Apfelsaftschorle." er strahlt mich mit glücklichen Augen an.

„Das ist echt lieb von dir. Danke." Ich folge ihm

und teile ihm mit, dass er sich meinetwegen nicht unbedingt umziehen muss. „Wenn du dich so wohl fühlst, dann lass es an."

„Ich möchte mich ein bisschen hübscher machen für dich." Er stellt mir meine Schorle auf den Tisch und geht aus der Küche.

Seine Wohnung ist einfach und funktional eingerichtet. Das Haus scheint etwas älter zu sein, aber die Einrichtung ist höchstens fünf Jahre alt. Die Küche ist hell, modern und bietet alles, was man heutzutage in einer gut ausgestatteten Küche erwartet. Ich trinke einen großen Teil aus meinem Glas. Der Spaziergang hat mich offensichtlich durstig gemacht.

„Hattest du einen schönen Nachmittag?" rufe ich quer durch die Wohnung.

„Geht so." Erwin steht im Türrahmen. „Ich habe die Abrechnungen für's Finanzamt fertig gemacht. Das ist nicht gerade meine Lieblingsbeschäftigung, aber wenn es erledigt ist, fühlt es sich gut an."

Erwin hat sich ein Kurzarmhemd angezogen das er nicht zugeknöpft hat und eine kurze Hose dazu. Er schaut so tatsächlich sehr sexy aus und seine Behaarung zieht sofort meinen Blick und hält mich gefangen.

„Ich dachte, es gefällt dir, wenn es offen ist. Aber ich kann es natürlich auch zu machen. Es ist groß genug." Er schaut mir fragend entgegen und weil ich nicht antworte ergänzt er ein kurzes: „Hallo...?"

„Lass es ruhig offen, du weißt, das mir das gefällt." Antworte ich endlich. „Falls ich später noch mal abwesend sein sollte, machst du es

einfach kurz zu." Er lacht und ich grinse ihn an.
„Lass uns auf den Balkon sitzen." Erwin schnappt sich ein Glas Wasser und geht aus der Küche, ich folge ihm.
Von hinten fallen mir jetzt seine Waden auf, die genauso fleischig sind wie der restliche Körper.

Sein Balkon bietet einen netten Blick über die Dächer der angrenzenden Häuser. Der Lärm der Stadt ist hier nur gedämpft zu hören, wahrscheinlich auch, weil am Sonntagabend nicht viel los ist.
„Schön hast du es hier."
„Danke dir."
„Darf ich dich fragen, weshalb es 'Müller und Söhne' heißt?"
„Klar! Mein Vater hat das Unternehmen Ende der 60er Jahre gegründet. Er war wohl der Meinung, dass seine Söhne irgendwann im Unternehmen mit machen, oder er war halt einfach stolz, dass er zwei Jungs bekommen hat. Jedenfalls nannte er es von Anfang an 'Müller und Söhne'." Erwin grinst belustigt. „Mein Bruder und ich haben dann auch beide hier gearbeitet. Es war einfach und bequem für uns. Wir haben uns quasi ins gemachte Nest gesetzt." er macht eine kleine Pause. „Mein Bruder ist dann relativ bald weg gezogen. Hat sich in eine Französin verliebt und lebt schon seit bald 30 Jahren mit ihr und seinen beiden Kindern in Frankreich. War für meinen Vater nicht so leicht, aber er hat Martin natürlich sein Glück gegönnt und war überglücklich als er Opa geworden ist."
„Ja, ich glaube, alle Eltern wünschen sich

Enkelkinder." ich lächle und bitte ihn weiter zu erzählen.

„Ja, dann war es nur noch 'Müller und Sohn'." er grinst dabei. Seine Familiengeschichte scheint ihn nicht zu belasten. Schön, wenn man mit seiner Vergangenheit im Reinen ist. „Mein Vater ist vor drei Jahren gestorben, was sehr hart war für uns. Er ist eines Tages einfach nicht mehr aufgewacht."

„Das tut mir Leid." ich greife nach seiner Hand und drücke ihn kurz.

„Schon gut, das ist der Lauf der Dinge. Man muss froh sein, dass er nicht nach einem endlosen Kampf mit irgendeiner Krankheit verstarb, sondern einfach friedlich eingeschlafen ist." er holt tief Luft. Dann lächelt er auch schon wieder und sagt: „Jetzt müsste es eigentlich nur noch 'Müller' heißen, aber ich sehe keinen Sinn darin, den Firmennamen abändern zu lassen. Mit mir endet das Unternehmen sowieso. Jetzt kennst du die ganze Geschichte." Er lacht kurz. „Ach ja, und meine Mutter wohnt direkt unter mir. Sie ist vor kurzem 80 geworden, ist aber noch recht fit."

„Hast du ein gutes Verhältnis zu deiner Mutter?"

„Ja klar, sie war immer für mich da. Ihr Verständnis für das Leben hat mich sehr geprägt. Hoffentlich geht es ihr noch lange gut."

„Hört sich super an. Weiß sie, dass du schwul bist?"

„Ja, die ist nicht auf den Kopf gefallen! Irgendwann hat sie mich darauf angesprochen und wir haben drüber geredet. Mein Vater hat ein Weilchen gebraucht, bis er sich damit abfinden konnte. Wie ist das bei dir?"

Ich nehme einen Schluck aus meinem Glas und stelle es wieder vor mir ab. „Von mir gibt es nichts so spannendes zu erzählen. Ich habe eine Schwester, die zwei Kinder hat und glücklich mit ihrem Mann in dem Dorf lebt, in dem wir aufgewachsen sind. Meine Eltern sind beide noch einigermaßen selbstständig. Mit 30 bin ich dann hier her gezogen, hatte einfach keine Lust mehr auf das Dorfleben, wo jeder jeden kennt. Das war es eigentlich schon."

Erwin lacht kurz und meint: „Wie ist dein Verhältnis zu deiner Familie? Wissen die Bescheid über dich?"

„Ja, mittlerweile schon. Als ich meinen ersten Freund hatte, habe ich es gesagt. Für meine Eltern war das echt hart, so auf dem Dorf wo viel geredet wird. Meine Schwester hatte damit, Gott sei Dank, keine Probleme. Mit Vater habe ich bis heute nicht wirklich darüber gesprochen. Er hat aber kein Problem, wenn ich einen Freund zum Kaffee mit bringe. Meine Eltern sind sehr gastfreundlich." Ich grinse Erwin an.

„War das eine Einladung?" Erwin lacht.

„Ha... ich bin gespannt, wie es weiter geht mit uns beiden."

„Ich auch. Aber lass uns mal was Essen. Es gibt Frikadellen und Kartoffelsalat. Ich hoffe, du hast einen ordentlichen Hunger." seine Augen glänzen regelrecht bei der Ankündigung.

„Da läuft mir gleich das Wasser im Mund zusammen."

Erwins Frikadellen schmecken super und auch sein Kartoffelsalat ist ein Gedicht. Es ist so lecker, dass ich mir noch mal eine auf den Teller hole, obwohl ich eigentlich satt bin. „Die sind echt der Wahnsinn."

„Danke dir, ich freue mich, wenn es dir schmeckt."

„Da hast du dir aber ganz schön viel Arbeit gemacht. Danke schön."

„So schlimm ist das nicht." Er grinst und nimmt sich auch noch eine Frikadelle auf seinen Teller.

Wenig später sitzen wir pappsatt vor unseren leeren Tellern und ich möchte mich jetzt einfach nur noch hin legen.

„Lust auf einen Espresso?"

„Ja, gute Idee." sage ich und hoffe, dass ein Espresso meinen Magen etwas sortiert.

Auf dem Weg zur Küche nimmt jeder sein Geschirr mit und somit ist der Tisch auf dem Balkon aufgeräumt.

Erwin zieht eine rote Kapsel-Espressomaschine aus einem Schrank und wärmt zwei typische Tässchen vor.

„Magst du einen kräftigen oder lieber einen sanften Espresso?"

„Der darf gerne kräftig sein." sage ich und folge gespannt dem Schauspiel.

Erwin nimmt zwei schwarze Kapseln und lässt eine davon in die Maschine fallen. Wenige Sekunden später reicht er mir einen intensiv duftenden kleinen Kaffee, den ich dankend annehme. Gleich darauf ist auch schon der zweite Espresso fertig. „Lass uns ins Wohnzimmer gehen, da ist es gemütlicher." Schlägt Erwin vor.

„Ja, so voll wie ich bin, darf es gerne gemütlich

sein. Du kannst echt toll kochen."
Erwin drückt sich an mir vorbei, gibt mir einen Kuss und sagt: „Ach, das war doch nichts. Außerdem macht mir das ja auch Spaß."
Wir setzen uns nebeneinander auf das große dunkelgraue Sofa, das sich sehr angenehm anfühlt, obwohl es sehr geometrisch und schlicht ausschaut. Gegenüber steht ein Glastisch, der aus einer einzigen gebogenen Glasfläche besteht und recht massiv wirkt.
„Deine Wohnung ist geschmackvoll eingerichtet."
„Danke dir. Ich mag es schlicht und aufgeräumt."
Ich grinse ihn an und denke mir, dass ich selbst nicht so ordentlich bin.
„Ja, das sieht man."
Er grinst zurück, legt seine Hand auf mein Knie, streichelt mich dort ein bisschen und widmet sich dann seinem Espresso.
Auch der Espresso ist super lecker und ich genieße, wie die Wärme meinen Hals hinunter läuft und sich wohlig in meinem Magen ausbreitet.
„Was machen wir mit dem jungen Abend?" fragt Erwin als auch er seinen Kaffee getrunken hat.
„Hmm... also, wenn ich dich so mit offenem Hemd sehe, dann komme ich auf unartige Gedanken."
Erwin lacht. „Dann komm her und drück dich ein bisschen an meinen Pelz." Er breitet einladend die Arme aus und ich rücke näher. Meinen Kopf lege ich auf seine breite Schulter und augenblicklich kann ich ihn wieder riechen. Sein Geruch ist angenehm und wirkt auf mich zugleich anregend und auch entspannend.

Meine Gedanken werden langsamer, ich genieße seine Körperwärme und zwischen meinen Schenkeln regt sich mein kleiner Freund. Ich spiele ein bisschen mit den Haaren auf seiner Brust und lege dann meine Hand auf seinen Bauch. Erwin drückt mich dichter an sich heran und legt seinen Kopf an meinen.
In diesem Moment fühle ich mich begehrt, attraktiv, männlich und sexy.

Wird auch Zeit

Seine körperliche Nähe befriedigt meine Seele und tut mir gut. Ihn einfach so zu streicheln und seine Haare durch meine Finger gleiten zu lassen könnte ich ewig genießen. Er brummt zufrieden.
Nach einer Weile überwiegt die anregende Wirkung auf den Inhalt meiner Hose.
„Wolltest du dich nicht auch um meinen Schwanz kümmern?" frage ich leise.
Erwin brummt ein: „mhm..." dann sagt er: „Ich habe schon darauf gewartet, wollte nur nicht, dass du meinst mir geht es nur um Sex."
„Dein Geruch macht mich irgendwie scharf." gebe ich zur Antwort.
„Ich habe vorhin noch geduscht." wundert Erwin sich.
„Na dann bin ich froh, dass es Sommer ist und warm genug, damit du gleich wieder schwitzen musst."
Ich löse mich von seiner Schulter und küsse ihn. Dann stehe ich auf, befreie meinen Oberkörper aus seiner Kleidung, strecke ihm meine Schwanzbeule entgegen und sage frech: „Bedien dich." Ich grinse dabei und schaue ihn erwartungsvoll an.
Sein Blick liegt sofort auf meiner Hose. Dass er meinen Schwanz mag, habe ich schnell gemerkt. Deutlich zeichnet sich meine Erregung ab und drückt von innen gegen den dünnen Stoff meiner kurzen Hose.
Erwin packt mich am Hintern und zieht mich zu

sich heran. Dann presst er sein Gesicht auf meine Beule, reibt sich an ihr und brummt genüsslich dabei.
„ah..." der Druck auf meinen Steifen macht mir sofort Lust auf mehr.
Mit einem kurzen Ruck öffnet er meinen Gürtel, dann den Knopf und meinen Reißverschluss. In einem Zug schiebt er meine Hose samt der Unterhose nach unten. Mein Schwanz springt ihm förmlich in seinen gierigen Mund. Ein wohliges Gefühl breitet sich in mir aus und ich spüre, wie sich meine Eier augenblicklich an meinen Körper ziehen. Meine Erregung ist groß! Ich spüre seine Zunge an meiner Eichel und wie sie mir unaufhörlich kleine Impulse durch meinen Schwanz in meinen Unterkörper schickt. 'Er hat echt Talent.' geht es mir spontan durch den Kopf. Ich lasse mich von ihm verwöhnen. Dann frage ich mich, ob ich zu passiv bin, greife nach seinem Kopf und schiebe meinen Schwanz langsam tiefer.
Erwin grunzt und schnauft erregt. Mein harter Steifer dringt unnachgiebig tiefer in sein warmes, feuchtes Maul hinein. Ich spüre, wie er schluckt, mir den Weg in seinen Hals frei gibt und mich schließlich ganz in sich hinein schiebt. Mein Schambein stößt an seine Nase und sein Kinn drückt gegen meinen Sack. Sekundenlang hält er mich so in sich und ich presse seinen Kopf dicht an meinen Schoß. Ein geiles Gefühl, so tief in seinem Schlund zu stecken. Dann zieht er sich zurück, prustet kurz und atmet heftig. „Geil, dein Schwanz ist so geil!" presst er erregt hervor und lutscht auch schon wieder an meinem

Steifen. Ich greife erneut seinen Kopf und stoße sachte zu. Ihn in den Mund zu ficken bereitet mir die schönsten Empfindungen. Zu wissen, dass es ihm nichts ausmacht, wenn ich ganz tief in ihn fahre, macht mich hemmungslos. Mit gleichbleibendem Rhythmus drücke ich mein Rohr immer wieder ganz tief in seinen Hals hinein. Keine Ahnung wie er es macht, jedenfalls scheint er genug Zeit zu finden um Luft zu bekommen.

Ich genieße das Gefühl, spüre, wie meine Eichel ganz tief in ihm ist und sich sein Kinn dabei gegen meine vollen Eier presst.

Die Erregung wächst und wächst und ich spüre, dass ich bald spritzen werde. „Uhhh...“

Der Gedanke, tief in seinem Hals zu kommen heizt mir kräftig ein. „Ahhh...“

Ich stelle mir vor, wie meine Schwanzspitze gerade in seinen Hals fährt und wie ich mich gleich darin ergießen werde. „Oooh...“ immer ungehemmter stöhne ich meine Lust hinaus.

Meine Eier ziehen sich tief in meinen Unterleib hinein und sind bereit für den finalen Abschuss. Noch ein paar Stöße dann ist es soweit. „Aaaahhh...“

Erwin greift zwischen meine Beine und drückt auf meine Schwellkörper. Mein Schwanz scheint zu bersten, mein Körper spannt sich an, ich schiebe noch ein mal mein hartes Rohr tief in seinen Rachen und presse seinen Kopf eng an mich heran. Dann spüre ich es kommen und mit einer intensiven Wucht überrollt mich ein Orgasmus, der mich fast zusammensacken lässt.

Laut schreie ich meine Empfindungen hinaus. Mein Schwanz entlädt sich in seinen Hals. Mit jedem Schwall Sperma zuckt mein Körper heftig zusammen. Doch die Stimulation auf meine Eichel in seinem Hals wird mir zu heftig. Augenblicklich ziehe ich meinen Schwanz aus seinem Maul heraus.

Ein weiterer Spermastrahl landet auf seinem Bauch, der Rest tropft in langen Fäden aus meiner Eichel. Erwin fängt das Sperma mit seinen Händen und folgt fasziniert dem Schauspiel. Dann greift er meinen Schwanz und drückt den allerletzten Tropfen heraus, leckt ihn ab und quittiert das ganze mit einem: „mmmh...“

Ich zucke nochmal heftig zusammen und frage dann frech: „Hat´s geschmeckt?“

„Das war richtig lecker.“ Er fährt sich mit der Zunge über seinen Mund. Dann schleckt er mein Sperma von seinen Händen und verreibt die Ladung auf seinem Bauch.

Im selben Augenblick klopft es an der Türe.

„Erwin, ist alles in Ordnung?“

„Oje, meine Mutter, die hat dich bestimmt schreien gehört. Warte hier.“

Er knöpft sein Hemd zu und geht zur Türe.

„Hallo Mama, alles in Ordnung.“

„Du hast laut geschrien. Ist was passiert?“

„Nein, alles gut. Tut mir Leid, du kannst nicht herein kommen... Ich habe Herrenbesuch.“

Es entsteht eine Pause.

„Ah, gut... wird auch Zeit. Ich störe dann nicht länger.“ höre ich seine Mutter sagen.

Ich grinse Erwin an. „Tut mir Leid, dass ich zu

laut war."

„Nein, sie ist da ganz unkompliziert. Eigentlich hört sie schlecht, ich dachte nicht, dass sie was mitbekommt."

„Sie hat ziemlich cool reagiert. Mit: 'wird auch Zeit.' hätte ich nicht gerechnet."

„Ja, wie gesagt, sie ist da echt unkompliziert und gönnt mir mein Glück."

„Schön... Ihrer Reaktion nach hast du nicht so oft 'Herrenbesuch'." Ich schaue ihn neugierig an.

Erwin überlegt.

Dann sagt er: „Du bist seit langem der Erste, den ich zu mir einlade."

Wortlos nehme ich ihn in meine Arme und wir halten uns stumm. Sein Atem geht ruhig und er drückt mich eng an sich. Dann sagt er plötzlich: „Du riechst auch sehr gut."

Ich lache und erwidere: „Du bist ein ganz lieber Kerl!"

Erwin löst sich von mir, schaut mir in die Augen und sagt: „Danke, du auch. Ein ganz lieber sogar."

Beschreibung der Charaktere

Rolf

Beruf: Sachbearbeiter in der Metallindustrie

Alter: 54 Jahre

Körperliche Merkmale: 1,81 Meter groß; 93 Kilo schwer; kräftige Statur; stark behaart; längerer Vollbart; sportlich

Penis: 18x4 cm; lange Vorhaut

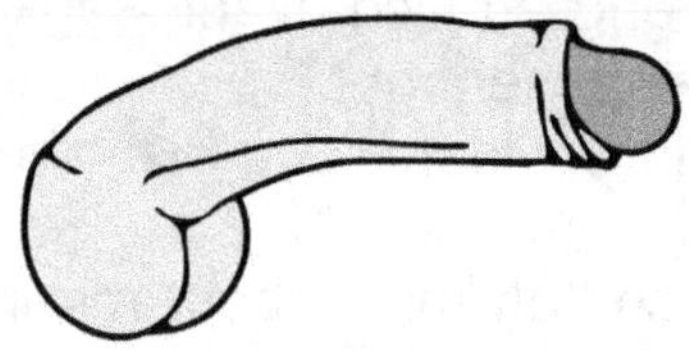

Sexuelle Vorlieben: Kräftige und haarige Männer; küssen und kuscheln; blasen a/p; ficken a/p; Safer Sex

Er sucht: Momentan eher nichts

Hobbys: Fitnessstudio; Wandern; Kino;

Interessiert sich für: Lesen; Reisen; Natur; Museen; Computertechnik

Charakter: Bedächtig, zurückhaltend und etwas schüchtern

Erwin

Beruf: Selbstständiger Installateur

Alter: 57 Jahre

Körperliche Merkmale: 1,73 Meter groß; 108 Kilo schwer; kräftige muskulöse Statur und strammer Kugelbauch; sehr stark behaart; Drei-Tage-Bart

Penis: 14,5x5,5 cm; beschnitten; sehr dicke Eier

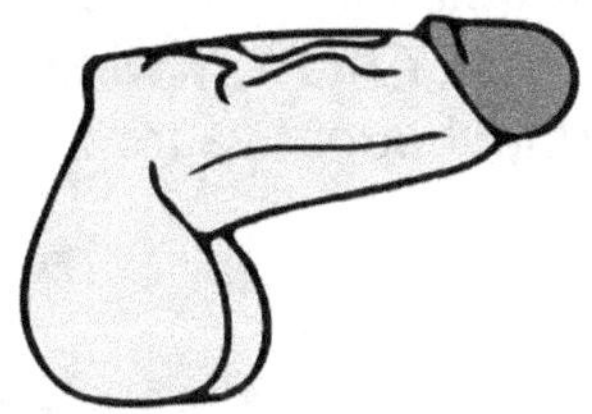

Sexuelle Vorlieben: Männer mit Bart; küssen und kuscheln; blasen a/p; ficken a/p; Sex im Freien; allgemein eher aktiv; Safer Sex

Er sucht: Sex; Freundschaft; Partnerschaft

Hobbys: Kochen; Essen; Kino; mit Freunden ausgehen; hält sich mit boxen fit

Interessiert sich für: Boxen; Wandern; Reisen; exotische Rezepte

Charakter: Spontan, kontaktfreudig, freundlich und umgänglich

Motto: Nimm, was dir das Leben bietet

Abschließende Worte

Als erstes möchte ich mich bei dir bedanken. Hoffentlich hat dir meine Erzählweise gefallen und du konntest die prickelnden Momente voll auskosten. In diesem Fall freue ich mich wirklich sehr, wenn du mir das in einer Rezension mitteilst. Gib mir bitte konstruktive Kritik, da wo ich etwas verbessern kann oder schreibe einfach, was dir gefallen hat. Du hilfst mir mit einer Rezension auf Amazon wirklich sehr und motivierst mich damit auch weiter zu schreiben.

Ich danke dir dafür.

Weiter liegt mir folgendes am Herzen: Rolf und Erwin kennen sich gar nicht, treffen aufeinander und haben, mehr oder weniger spontanen, geilen Sex. Der eine oder andere Leser wird sich fragen, warum sich die beiden keine Gedanken machen über Sicherheit. Ich habe mich entschlossen das Thema "Safer Sex" nicht in der Geschichte aufzugreifen. Stattdessen lasse ich meine Charaktere in einer stilisierten Welt spielen, in der es diese Problematik einfach nicht gibt. Meiner Meinung nach will man sich, beim lesen von erotischen Erzählungen, nicht mit der Problematik der Wirklichkeit auseinander setzten müssen. Vielleicht täusche ich mich aber auch in meiner Annahme. Deshalb schreibe ich hier meine Gedanken und eventuell sind diese eine Antwort, für den einen oder anderen Leser.

Privat bin ich sehr für Sicherheit beim Sex. Aber das soll jeder so handhaben, wie er es für richtig hält.

Als letzten Punkt möchte ich mich entschuldigen. Es sind sicherlich ein paar Rechtschreibfehler im Text unentdeckt geblieben und auch das eine oder andere Satzzeichen wird nicht an der richtigen Stelle sein. Falls du einen Fehler entdeckt hast, hoffe ich, er hat dich beim Lesen nicht zu sehr gestört.

Folge mir auf Facebook und erfahre mehr:
fb.me/Till.Amberger

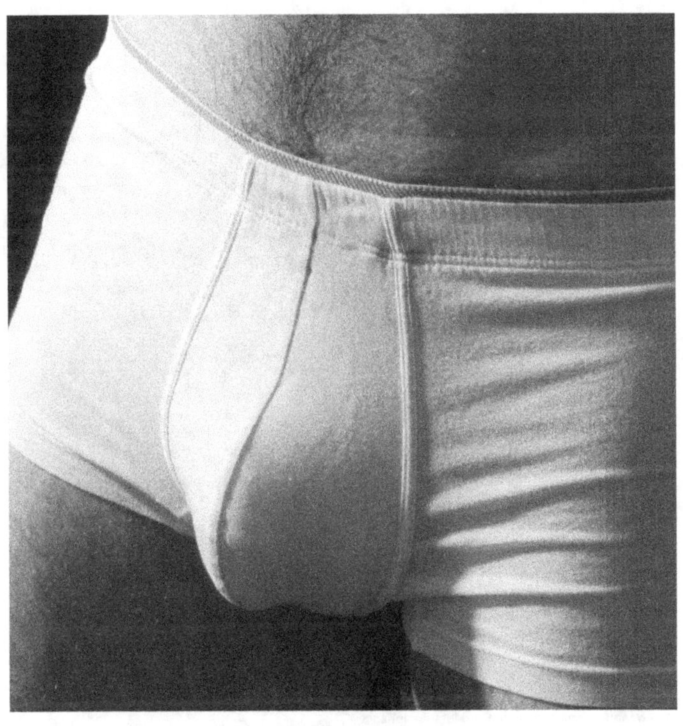